LI[illegible]YLE MAGAZINE

VOL.02 創刊號

AUGUST.2012

Contents

在一起的瞬息風景

不論走了多久多遠，
我永遠會記得，真真切切地體會到，
我們的心繫在一起那瞬間的感動。

P's Note

說好要好好在一起——。

臉書上有個tag功能，用相片、打卡標注你正與哪些人在一起，做些什麼事。周遭朋友輕易便察覺現實生活中，此刻，你正與誰在一起。然而，情感上真正的在一起，卻相對複雜許多，絕非三言兩語所能解釋交代清楚。

電影《橫山家之味》提供了關於在一起這件事很好的借鏡思考。原本被寄望繼承父業的大哥橫山純平在一次救人中不幸溺斃。身為受鄉里敬重的醫生父親，將希望轉寄託在橫山良多身上。而他卻執意選擇了以繪畫修復師為職業。大哥忌日這天，依往年慣例，剛失業的橫山良多帶著新婚的妻子及她前夫的孩子，一起回到湘南老家團聚。在這關係群組裡，空氣中四處彌漫著小心翼翼，盡量不帶任何刺點的對話，以及終究忍不住的爭執。兩天一夜短暫在一起的時光，表面疏離、吵嚷的背後，常蘊藏著彼此間深切的情感。

這是日本導演是枝裕和為了紀念最後一次與母親在一起吃壽喜燒的作品。當時的他，目送著母親走入新宿車站的背影，脫口說出：「說不定這是我最後一次和母親吃飯了。」如同人生許多遺憾，此話竟一語成讖。於是他擷取母親生前那美好片刻，並試圖將與家人在一起的回憶編整進電影裡，讓它徹頭徹尾變成一部關於在一起的故事。故事裡有隨口說出「要在一起——」卻因改天、遲早之類慣性與口頭蟬，變成來不及實現的約定；也有與你我平凡生活相似的父子、母女、夫妻、婆媳、姐弟、社區鄰居……這些人際網絡微妙互動，以及曖昧、疏離、冷淡、熱烈、陌生、熟識……這些在一起不同的情感狀態。

《練習》雜誌主要想傳達的精神是：「人生是一段反覆練習的旅程，陪你好好走過生活裡的每段練習。」而第一期〈一個人〉出刊幾個月來，我們收到許多讀者的熱烈回應。其中令我們思考、辯證最久的，莫過於「一個人，有什麼難，有什麼好練習的!?」此類感想。如果你也覺得練習一個人僅是初階入門，並不難。那麼，就一起來練習難度進階版的在一起吧。

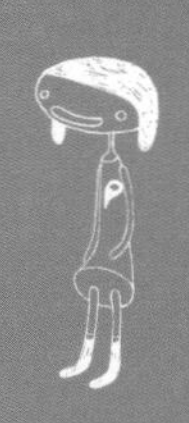

練習

/ ˈprækts /

AUGUST.2012
創刊號 VOL.02
在一起 TOGETHER

發行人
總編輯 黃俊隆

主編 何曼瑄
特約採訪編輯 艸采、杜嘉馨、希牛、希翼、
黃哲斌、黃麗如、歐佩佩

總經理 何彩鈴
特約廣告業務／創意 吳旻龍、小區

封面攝影 陳敏佳
內頁攝影 陳敏佳、李盈霞、趙豫中
拍立得攝影 小樂
美術設計 許琇鈞、鹿夏男、高昌湧
設計協力 陳慧瑄
行政編務 施靜沂、曾子慧
封面人物 黃奕凱、張兆佳
封底照片提供 邱美娟、林奕婷
封面服飾提供 無印良品

讀者服務專頁 www.facebook.com/practice.zine

出版者 自轉星球文化創意事業有限公司
地址 106 台北市大安區臥龍街 43 巷 11 號 3 樓
電子信箱 rstarbook@gmail.com
電話／傳真 02-8732-1629／02-2735-9768

發行統籌 華品文創出版股份有限公司
電話 02-2331-7103
總經銷 大和書報圖書股份有限公司
電話 02-8990-2588
印刷 前進彩藝有限公司
電話 02-2225-0085

小P P = Practice
illustration by aPple Wu

本期內容同樣經過三年多的時間淬鍊，以及精心籌劃與刪選，絕對值得你往下慢慢翻閱。

景美女中拔河隊的專訪裡，有青春與汗水交織的在一起故事；五月天瑪莎寫出男人與父親間總帶著疏離，難以啟齒的情感壓抑；陶晶瑩在情人節前夕，要與大家分享末日情人節要如何在一起；

四組人同住在一起、六種創造在一起情況的大冒險、五組不同關係如何在一起的經驗分享……這些內容，也許可以讓我們重新思考——在一起並非那麼容易，也是需要練習的。

正因為明白沒有所謂永遠的在一起，不管喜歡或討厭，每個在一起的當下片刻，記得要相親相愛，好好練習在一起。臉書上的tag也好，真實生活裡的情感也好——每個在一起，都值得被珍惜與祝福。

■ 總編輯 黃俊隆

不管跟誰，都合得來！
辦公室的人際關係最重要，想要跟同事融合在一起，三不五時拿出「好關係雞尾飲料組」請大家喝是必要的。隨時來一杯，增進你與上司的良好關係，也消弭你與部屬的對立。無酒精，零負擔，喝完繼續辦公也沒問題！
www.facebook.com/Practice.Institute
生活練習所
Life Practice Institute
陪你一起面對人生的各種練習

夢想的路上 我們在一起。

林宥嘉
YOGA

二〇〇七年，林宥嘉（YOGA）贏得超級星光大道的冠軍，踏上了夢想的道路；二〇一二年，林宥嘉化身「大小說家」，站上小巨蛋的舞台，出道以來，他所受的種種衝擊、不被了解，如今都化為他的蛻變與成長。

他清楚他的自己的定位，學會信任身邊的夥伴，無論是歌唱、舞台、外型、表達能力……每個環節他都要求自己不斷突破。在這條夢想的道路上，他堅持、不妥協，以調整心態和應對方式，來面對從四面八方包圍而來的一切，努力讓自己更強大，用音樂來創造一個全新的世界。

無論虛擬或真實，無論林宥嘉以自己的哪一面朝向你，身為一個公眾人物，知名歌手的身分如影隨形地跟著他，而他自在穿梭其中，以一種更博愛、包容的角度將身邊一切納為「廣義的林宥嘉」，開始用「我們」取代「我」，這種「在一起」的力量，幫助他繼續在夢想的路上向前行。

採訪——杜嘉馨、黃俊隆　撰文——杜嘉馨
攝影——李盈霞　攝影協力——Bonnie
採訪時間——2012/07/04

Q 單純唱歌，是一個人就可以完成的事，但是出專輯、辦演唱會不是。出道以來，必須和哪些人在一起？

以前還是學生的時候，身邊有一些在不同領域有才華的朋友，但當時我只專注在音樂，對其他領域不大感興趣。出道以後，除了音樂人之外，也要和厲害的視覺、設計、文字、化妝、髮型……等人一同工作。和他們在一起讓我覺得自己很渺小，有很多可以學習的地方。

其實出道後我一度很沒有自信，大概是《感官世界》那時候。
後來我發現，當我講「我們」時，我會比較有自信，
知道我不是孤軍奮戰。

Q 你是如何和其他人溝通，讓大家了解你的想法和堅持？

大多是動之以情，希望以後可以學會用更簡短有力的方式。其實出道後我一度很沒有自信，大概是《感官世界》那時候。後來我發現當我講「我們」時，我會比較有自信——雖然在大家的認知裡，「林宥嘉」是一個歌手，不是一個樂團，但是當我虛弱的時候，是這些夥伴給予我力量，而我也可以給予夥伴力量。我說的夥伴不只是樂團，包括音控師、化妝師、台下的歌迷……當他們加入了「林宥嘉」，就是我的夥伴，讓我知道我不是孤軍奮戰。

Q 得到懂你的人的支持或讓支持你的人懂你，這兩者對你來說重要嗎？

有懂我的人在身邊支持很重要。我剛過二十五歲生日，遇到在我十九歲剛踏進圈子時看顧我的熟悉面孔，會覺得很害羞，不敢在他們面前展示我最新的表現，如果放電、展現魅力，感覺好像小孩子變成大人，有點尷尬。這些年我自己走遍很多地方，經歷衝擊、付出努力之後有所成長，再擺回到熟悉的人面前，會施展不開，就像我很怕我媽來看演唱會，然後露出感動的神情看著我。反而在新同事面前就可以毫不保留、使出渾身解數。

讓支持我的人懂我也很重要。歌迷不太可能在第一時間和歌手一對一接觸，我覺得網路還是歌手和歌迷間最直接的溝通，所以我常常用FB、微博，和歌迷分享交流。

Q 你曾說過：「反正別人也不瞭解我，我就更不要讓人家看懂。」現在仍會這樣想嗎？不被了解的時候會試圖溝通嗎？

現在目標很明確，知道自己要用什麼感染別人，沒有心思去叛逆，也沒那麼多時間甘苦談，想表達的東

//

我想如果是我遇到陶喆的話，
大概想拍他也不敢上前去跟他講吧，
所以現在遇到有人偷拍的時候，我會對著鏡頭笑一下。

YOGA

一路走來，遇到不合的人我會把他甩開。

但現在遇到討厭的人，會試著去了解他，希望能拯救他。

西在作品裡會呈現。遇到討厭的人會試著去了解他，希望能拯救他。

Q 除了工作，平常時間都在做什麼？除了工作及獨處，最常在一起的人有哪些？與這些團員在一起時跟其它朋友在一起最大不同為何？

狂用網路，廣交朋友，認識新的人、去一些沒去過的地方，像聲色場所或藝文空間。和團員在一起最大的不同是我們共同專注在「音樂」上。演唱會表面上我是華人男歌手，當spotlight沒打在我身上的時候，我們其實是一個「有實無名」的樂團，有默契、有情感繫絆，也會有人與人之間的磨擦。小巨蛋演唱會之後，我們進入了一個新的瓶頸，需要音樂上的突破，但要把自己放下，完全接納其他人也不是一件簡單的事。

我們不像某些從學生時期開始的樂團那樣不離不棄，雖然在音樂上有共同志向，願意為彼此犧牲付出，也會講一些肉麻的話，但還不夠堅定，可能也還不夠強，放在一起的時候，原本期待的樣子還沒出現。我們曾有過高原期，但一直還沒到達穩定期，有可能會突破，也有可能因突破不了瓶頸而瓦解。

Q 你如何看待自己跟群眾的關係？任何一個路人認出你隨即跟你裝熟，或熱情過度的粉絲不斷展現自己對你的了解，你的反應是？

現在會希望能在見面時帶給對方短暫的快樂。以前只想趕快逃走，覺得做個低調的公眾人物蠻酷的，生活空間也比較大，但現在會轉向照顧別人的心態，讓別人開心。譬如偷拍這件事，我會想：如果是我遇到陶喆的話，大概想拍他也不敢上前去跟他講吧，所以現在遇到有人偷拍的時候，我會對著鏡頭笑一下。如果遇到太過熱情的粉絲，我會滿足他們三分之一的熱情，然後快走。

Q　小巨蛋演唱會時，你說：「出唱片後，其實身邊朋友很少，要特別感謝、幸好還有BAND MEMBER一路陪著我。」為什麼這樣說呢？

出道的頭幾年，20、21、22歲的時候，我在工作上有好多的壓力、震撼想和朋友們分享，但以前學校時期的朋友可能還在忙著找工作，對我當時的經歷和狀態無法感同身受。23、24歲之後，以前的朋友慢慢透過FB找回來了，有人在當老師，有些在做廣告，大家有了自己的工作，可以互相交流。

以前會有莫名的堅持，覺得：想去聽演唱會就自己買票啊。但是現在會送票、CD給以前的同學、朋友，想幫他們省錢，希望他們來看、聽我的表演和作品。如果能讓他們有美好的感動，對我的回饋會是百倍。以前的同學、朋友沒有必要喜歡我的音樂，當他們發自內心的喜歡我正在做的事時，我真的很感動，像做廣告的、被公認品味極佳的朋友將我的專輯海報貼在他的辦公室牆上，我很開心。

我有一票朋友平常都聽國外INDIE團，很少聽「有MV的音樂」，其中有個朋友在演唱會後傳簡訊給我：「You are a big rock star tonight.」雖然我那天在演唱會上唱很多慢歌、抒情歌，但在他眼裡我是rock star！我

當SPOTLIGHT沒打在我身上的時候，我和BAND MEMBER
其實是一個「有實無名」的樂團，有默契、有情感緊絆，
也會有人與人之間的磨擦。

/

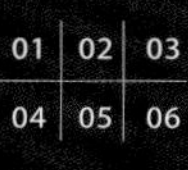

覺得知道自己是誰，在做什麼很重要，我現在想要做到國語流行音樂的極致。

01 02 03
04 05 06

07 08
09 10 11

有音樂為伴

01《After 17》 陳綺貞 2004 cheerego.com 02《Special Thanks to…》 陳奕迅 2002 艾迴唱片 03《黑白灰》 陳奕迅 2003 艾迴唱片 04《I wonder why my favorite boy leaves me》 The Marshmallow Kisses 20005 默契音樂 05《The Sea》 肯妮貝兒Corinne Bailey Rae 2010 金牌大風 06《Late Night Tales》 Nouvelle Vague 2007 Azuli

以閱讀為糧

01《建築家 安藤忠雄》 安藤忠雄 2009 商周出版 02《公開：阿格西自傳》（OPEN） 安卓．阿格西（Andre Agassi） 2010 木馬文化 03《浪漫的逃亡》 五月天阿信 2008 相信音樂 04《溫柔的殺手》 葛大為 2011 葛大為 05《It Looks Like a C**k!》 Dunn, Ben/ Fogg, Jack 2010 St Martins Pr

/

這幾張CD不會讓有嘉產生比較心，聽了心情會好，其中陳綺貞的《After 17》和The Marshmallow Kisses的《I wonder why my favorite boy leaves me》都是別人送的禮物。書的部分，《建築家 安藤忠雄》和《阿格西自傳》這兩本，有嘉看到最後真的哭了出來。另外，Nouvelle Vague那張CD本來想拿的是《Bande a part》，葛大為的書本來想拿《如果可以，我只想告訴你快樂的事。》一時找不到，就用他們其他作品替代。

To Practice

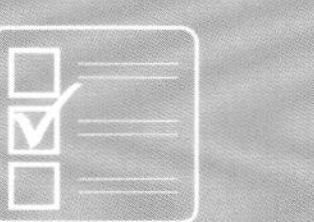

P's Feature

Everywhere & Everyday

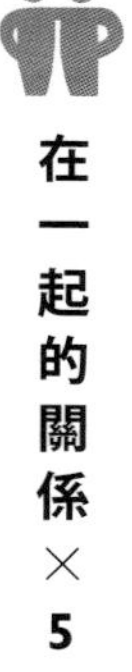

當我們同在一起

這幾對受訪者表面上的關係是姐妹、夫妻、師生和同事。然而在表面關係之下，彼此間的情感組成中混合了親情友情與愛情，比例成份各異。

不論是極相像的雙胞胎姊妹或是個性風格迥異卻互補的夫妻、師生、同事，每次在一起的火花，都是映在心裡的美好風景。

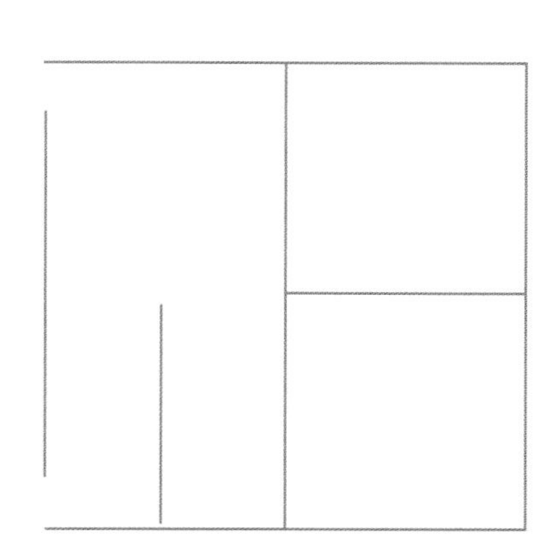

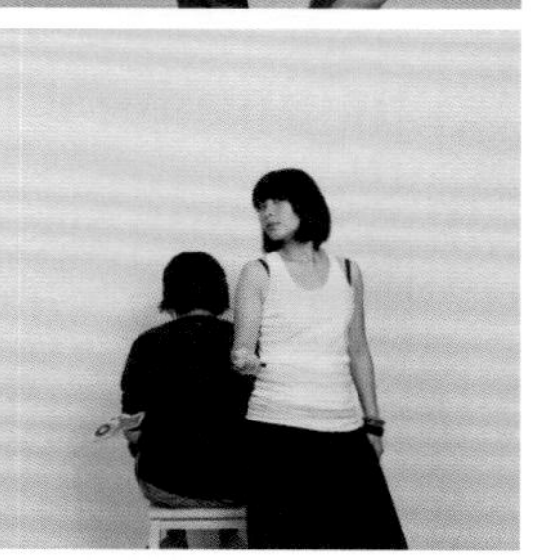

採訪、撰文 —— 杜嘉馨
攝影 —— 陳敏佳
攝影協力 —— 李盈霞
採訪時間 —— 2009/07/18

彎娘&彎姨×雙胞胎

生死與共的姐妹情

作家彎彎的媽媽與阿姨，被稱作彎娘與彎姨，原來是一對雙胞胎姊妹，但是她們從週歲時就當養女被分送到不同的家庭，彎娘被送到三重、彎姨則在大溪，一直到國小三年級才第一次相見。

兩人基因相同，命運卻帶給她們不一樣的成長背景與人生。然而只要兩人的心緊緊相繫，就再也不孤單，她們還相約要當台灣版金銀婆婆：「津雯婆婆」。

Q 關於對方最初的記憶或印象？

彎娘——我國小三、四年級才看到她，因為以前養父母作生意很忙，沒法常常帶我回家，回家時她也不一定在。第一次碰到時，她很害羞躲起來。我想這個人怎麼跟我這麼像，也會不好意思。

Q 兩人間最難忘或親密的時光？

彎娘——自從第一次碰面後，我就常常坐車去找她，到市場躲在柱子後面，偷看她賣西瓜。我們雖然從小分開，但是心很靠近，每次相聚都要珍惜。

彎姨——熟了之後，我們的感情就世界無敵地好。十七歲以後就努力彌補，有時間就去找她，常常從新莊到台南當天來回。看到電話就想打給她，打到四千多元老公都生氣。我們也常常出國旅行，有次一起去九寨溝出了車禍，當下第一個念頭是：和她在一起就好了，死掉也沒關係。從十八歲她騎重機我給她載的時候就常這樣想。

彎娘——我想姐妹感情很少有這麼好的，你看日本有「金銀婆婆」，我們倆就發誓要當「津雯婆婆」（彎娘叫秀津，彎姨叫秀雯），向她們看齊。

Q 兩人相像的地方？

彎姨——我們都很善良、容易笑到不行，有時走走講到小事情就笑到蹲在馬路上掉眼淚。

彎娘——有次彎彎的台南簽書會找她一起去，約高鐵站早上九點集合，彎姨七點就到，還買了大包小包的早餐準備和工作人員共享，結果弄錯入口沒搭上列車。我在車廂上打手機給她，還沒開口說話，想到她七點到車站手裡拎著早餐沒上車的畫面，就笑到不行了。

Q 有什麼想跟對方說的話？

彎娘彎姨——我愛你。

凌宗湧 & Ivy CHEN × 夫妻

加起來滿分的人生夥伴

CN flower花藝總監凌宗湧和岩井俊二電影劇照攝影師Ivy CHEN，花藝師老公與攝影師老婆的夫妻組合，兩人的理性與感性時而衝突時而互補，他們在每一天的生活相處中各自調整角度，讓兩個齒輪的凹凸面密合運轉，成為「加起來等於十」的完美關係。

husband & wife

Q 關於對方最初的記憶或印象？

宗湧——第一次見面她穿紅色夾腳拖鞋很正。

Ivy——我們在交友網站認識的，那時候他放了一張有點搞笑的照片，但還蠻有sense，又看到他是花藝師，我之前在日本主持過園藝節目，覺得這個人應該可以聊聊，他寫東西乾淨俐落，沒有太多廢話，我覺得這個人蠻有自信的。

後來我們MSN聊了沒多久，有天他問我要不要出來喝東西，就穿著夾腳拖和他碰面了。不過碰面前我其實已經調查過他。之前聊天時他問我：「你知道CN Flower花店嗎？」我剛從日本回來不知道，他就冷冷po一個CN的網站，我一看覺得很有品味。隔天問我姐，才知道我哥跟他認識，我姐夫的妹妹高中時也和他玩在一起，大家對他的風評都不錯，我才敢和他出去。

宗湧——之前MSN覺得她在唬爛，什麼去過全世界一百個花園！網路上很多女生也會說什麼我喜歡花……以為她只是對花有浪漫憧憬的一般女生，主持也不一定很有深度。後來看她主持節目的網站發現真的是園藝節目。

Ivy——出來見面那天他帶一個亮片包包，我心想怎麼那麼娘！

宗湧——後來在路上看到蒼井優海報她說是她拍的，我心想又在唬爛。我們先到林森北路喝果汁，後來搭計程車去NY bagel時她說：「我們家曾在這裡開過餐廳。」我一下子想起來十九歲時就見過她！那時我和她哥在擺地攤，她在Friday's打工，她那時真的很漂亮！發現她是我的夢中情人之後對她就畢恭畢敬了。

Q 對方帶給你最難忘的時刻？

Ivy——和他第一次去design hotel是富春山居，那時我們才剛交往，他在杭州工作，我去大陸拍照兩個月，那天他從杭州派車來上海接我，感覺好VIP。去之前我完全沒有idea富春山居是什麼樣的飯店。到了嚇一跳，竹林打了燈，建築像宋朝王朝，他穿著浴衣拖鞋在大門口迎接我，好像是他家一樣。我進去後完全講不出話。認識他後，我對DECO、飯店都有了不同的想法，現在比較不容易滿足，認識他之前沒有那麼挑。

宗湧——和她結婚到現在還是有很多「不可思議」的時刻，宮崎葵、桑田佳祐、福山雅治……為什麼這些日本藝人都跟她認識，覺得一切都在作夢。

Ivy——你都不知道你娶了誰！

Q 崇拜對方的地方？

宗湧——崇拜她拍照有自己的角度，那是我看不出來的東西。我喜歡俐落、對比強烈。她不是，她的東西是一種曖昧朦朧的情境，我很欣賞。

Ivy——他是AB型，我不信他看不懂，只是他習慣把感性開關

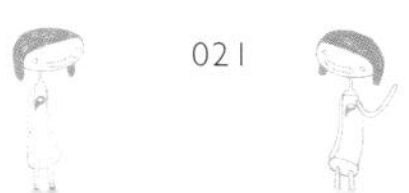

關掉，用理性邏輯的方式去看。認識他的時候我的感性度很高，後來他分析說這樣工作會受傷。但是拍照理性太多又沒有FU。有時會想如果他當攝影師我當花藝師也不錯。我們去荷蘭時我當他助理，他都會稱讚我。而他看花的角度和心比我還要深，他來拍花會拍得很好。

宗湧——我常問一個問題，花的正面在哪裡？只有一個正面嗎？就跟看人一樣，你看到好多面都是她漂亮的地方，就可以把她拍得漂亮。

她的日本爸爸說過：「兩個人加起來就是十」，當她感性多一點時，我就理性多一點，加起來才平衡。我們都有自己的東西，像兩個齒輪，齒輪沒碰好的時候，角對角會衝突，如果能調整，就可以互補的密合。

陳敏佳&李洽×師徒

除了睡覺都在一起

形狀溫和但邊角尖銳的攝影師陳敏佳（Min+），和善與人相處溝通協調、影像風格乍看主流實際上卻更冷門的助理李洽（Sia），忙起來的時候，是除了睡覺時間之外幾乎都在一起工作夥伴。

男女思維邏輯和工作方式的不同，是差異也是互補，以老師與學生的關係一起工作五年，照顧、學習、影響、刺激、衝突……這幾個關鍵字交替出現，但都難以全然地形容在心理、工作、生活上緊密連結且互相扶持的兩人。

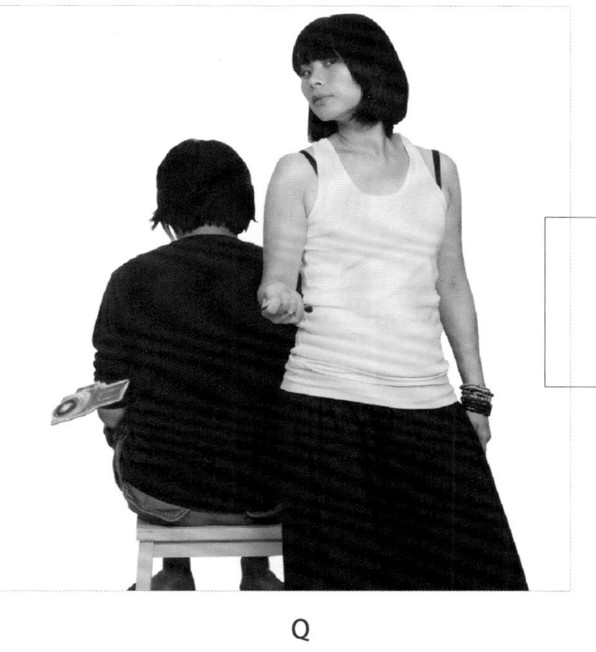

master & apprentice

Q 關於對方最初的記憶或印象？

Min+——我在視丘教攝影，每屆大概八到十個學生，發現她拍的東西不太一樣，風格蠻鮮明，很有自己想法，是知道自己要做什麼的人。

Sia——二〇〇五年決定去視丘上課，本來在飯店櫃檯做了一年多，每天都做一樣的事，二十五歲有一天下午受不了，想說四十歲生日早上起來我會不會坐在床上哭，想我二十五歲那年怎麼沒去拍照？就去視丘報名上課。敏佳老師比較年輕，大家常到他攝影棚上課或聚會。

Q 怎麼從師生變成夥伴關係？

Min+——攝影師助理通常一開始會做part time，不會固定下來，可以跟到不同的攝影師，經歷很多不同經驗。她一開始也是part time，後來才固定成為工作室一員。

Sia—— 差不多《Shopping Design》創刊後我就進來當助理了。

Q 對方在工作上的幫助或影響？

Min+—— 其實我當初想把規模做更大一點，找也是獨立創作者來，有些工作我主導，有些讓她主導。但公司還是有很多瑣事必須處理，像支票、發票這些，進來的人還是要從小事學起。

Sia—— 對，光從這裡騎車到國稅局就要很久！

Min+—— 我們個性互補，每當我遇到難以配合的人，她的功能就發揮出來。我覺得自己的範圍蠻廣的，但是某些情況一旦超出範圍一步，我就不能接受。譬如我不太能接受一個商業案大公司說沒有預算，好像吃霸王餐，但Sia可以處理這樣的事情。或是遇到有些合作對象完全沒想法，這種我也會爆炸。如果大家都順著我，我就不知道自己哪裡尖銳，和她一起工作，我更知道自己的形狀。

我們的工作時間很長，大家習慣稱她為助理，但我其實是在找一個同事。我的理想是以團隊模式工作，三五個人一起努力把人和品牌做出來，而不是找消耗性的助理，壓榨完年輕人的熱情之後，過幾個月再找下一批。

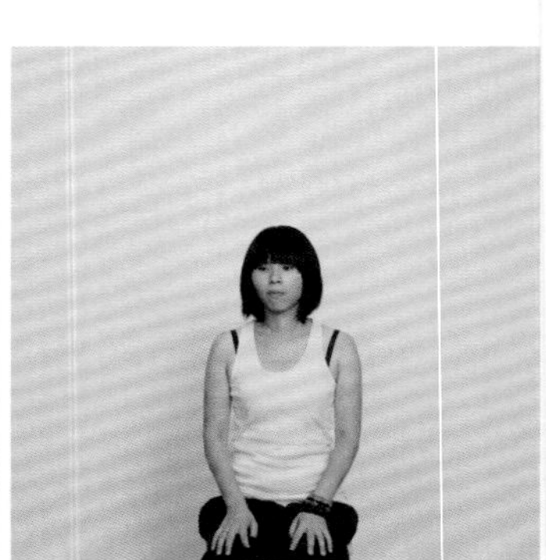

Sia—— 我和他學到很多做事的態度，他非常嚴謹，我較隨性。老師影響我的比較不是影像風格，而是做事方法。

Q 兩人影像風格截然不同，一起工作對作品有何影響？

Min+—— 我可以做的範圍更寬，因為她會做造型、道具。以影像風格而言，我很冷門，後來想想她的東西乍看比較主流，其實是更冷門，那是各領域發揮到極致之後，才會玩的東西。

Sia—— 我喜歡的比較是視覺系的東西，但不是音樂上的視覺系，是照片上的視覺系。固定會買的雜誌是《裝苑》，自己拍身旁的親朋好友，但有種事倍功半的感覺，有點四不像，但至少有在做。因為要做得好得靠非常多專業的人，現在還沒有找到這麼志同道合的人，所以造型、化妝、裁縫都自己弄。

Q 攝影是比較偏男性的工作，Sia在工作時有明顯感受到男女差異嗎？

Min+—— 男女差異就是，男生比較一個蘿蔔一個坑，譬如每個道具該收在什麼地方，不需要對這個棚很熟就可以把事做好；Sia女生的工作方式是拿一個大的花布包，把東西全部塞進去。如果我用很男性的角度可能會覺得：你在搞什麼？後來我會想：她是一個聰明正常的人，這樣做有什麼道理？好處在哪裡？然後和她討論看怎麼做比較有道理。

Sia—— 攝影器材有些很重，拿不動也沒辦法，但我會盡量做。本來很瘦，當助理後失去最多的就是身材。整個變壯瘦不下來。

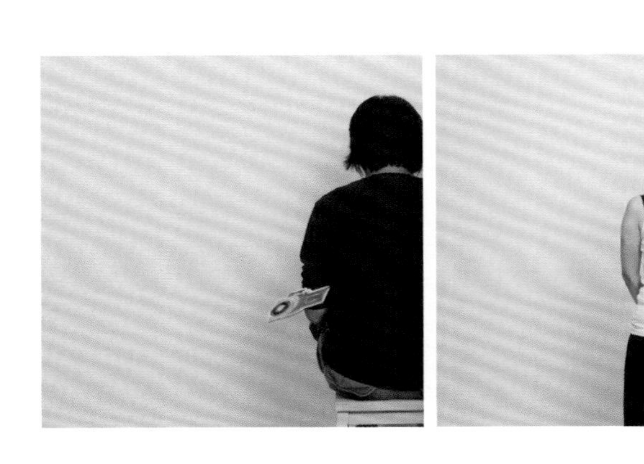

大魔王&小光×同事

袒裎相見的菜鳥情誼

你是會跟同事當好朋友的人嗎？一起說老闆壞話、MSN接龍大聊、團購、血拚……還有裸湯?!

張艾咪（綽號大魔王）和小光在二〇〇六年，以一個禮拜之差先後進入《數位時代》，開始人生的第一份工作。同事兩年多的時光，一個天生母性，對上另一個無病呻吟，個性截然不同的大魔王與小光，建立起超乎同事的好情誼。

Q 關於對方最初的記憶或印象？

小光——乍看覺得她像蛋糕社或古箏社的女生，溫和中規中矩的賢妻良母型。後來發現她一點也不是，她外型很娘，但骨子裡是MAN貨，有工作人格張艾咪和私底下的大魔王兩個面向。

colleagues

大魔王——我以為她和我一樣高，我問她的第一個問題是：妳有沒有五十公斤？但其實她很嬌小，所以這個問題有點汙辱她。

後來發現她喜歡風花雪月的浪漫故事，著迷於一些很醜、很幼稚的東西，像馬車、青蛙之類的。我曾經在內部訓練時描述小光的特質是「一邊哭泣一邊前進愛做夢的女孩」，和我很不一樣。

Q 兩人個性大不同，有過衝突嗎？

大魔王——比較受不了別人遲到，因為跟她常常約，所以常被我罵。我會覺得如果你晚十分鐘到，那幹嘛不提早十分鐘出門？

小光——我發條沒上那麼緊嘛~

大魔王——有一次她用洗澡用的圈圈綁馬尾來上班，我那天跟她講了好幾次用這個綁馬尾很醜，但她不肯放下來，後來就MSN跟她說：「我剛剛看到妳背影以為是阿婆。」她就生氣了！

小光——後來知道她只會管她喜歡的人。

大魔王——所以她後來就會默默感受到我的一份愛。

Q 有一起完成什麼事的經驗嗎？

大魔王——每次合作封面我都要幫她收爛攤子。她稿寫不完就會該該叫，我就說趕快寫就好啦。

小光——她很實際也很嚴厲，無法和我一起哭，而且律己甚嚴。對了，她還在公司辦過「失語症暨減肥工會」，舉辦減肥比賽，非常認真，參加者一人交一千元，在期間內減肥比例最高的人就可以贏得全部的獎金。

大魔王——我是評審，最後是由小光獲勝。

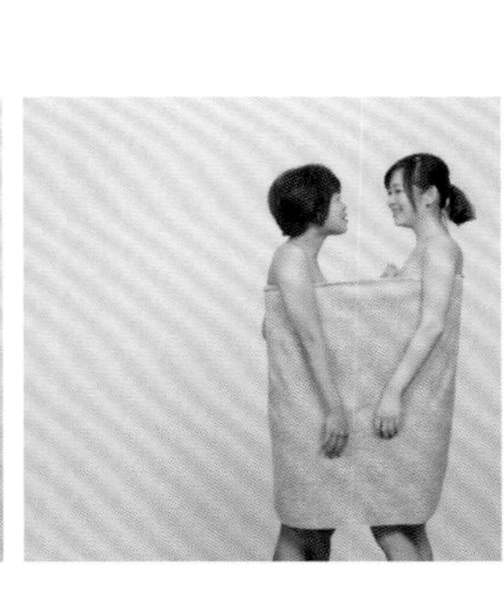

尹乃菁&王鎮華×同學

如家人般的互相了解

classmates

一位是講話直率犀利的廣播電視主持人，一位是以規劃私人頂級住宅聞名的大隱設計集團主持人／羅芙奧藝術集團董事長，尹乃菁與王鎮華（Arthur）這對好朋友，當年在輔大大傳系結識。乃菁讀新聞組，Arthur讀廣告組。當年的單純情誼，一直延伸到現在，發展成對彼此擁有如人家人般深厚的了解。

Q 關於對方最初的記憶或印象？

乃菁——他的形象就是斯文、雅痞、帥氣，講話慢慢的，處理事情很穩。那時候系學會大家推他出來當會長，他頭伸出來說：「我不要。」結果後來是蘭萱當了系學會會長。

Arthur——除了活潑，她很親切、容易交心，為人誠懇、沒城府，口條好，是全方位的才女。

Q 這段關係對兩人的意義和影響？

乃菁——和他講話心裡會有穩定的感覺。大學時我戀情不斷，感情問題常常找他聊；畢業後的生活狀況不同，遇到的問題更複雜，但彼此不需要常常連絡，每次見面話題都可以很快接上，不用前情提要。他都設計私人頂級住宅，卻自己拿尺幫我丈量、設計房子。如今住在他設計的空間裡，每天都像在與他對話。

Arthur——在學校總是感受得到乃菁的熱情，哪怕她心裡有事，還是呈現開朗的一面。她給了我個性上的啟發，原來主動表現出開朗、熱情的自己會更好。如今乃菁隨著生活經驗的積累，從文藝女青年到現在變成有智慧和歷練的女性，卻仍保留當年的個性特質，堅持自己，過得自在。

Q 會想過要在一起嗎？為什麼？

乃菁——沒有。可能我當時都很快就有男友了，Arthur身邊也一直都有女友。我們應該也不是對方喜歡的型，缺少成為男女朋友該有的化學成份。這樣的關係很難得，也很珍貴。超乎一般朋友及家人間的情誼，很難形容的親近。有些事因為怕家人擔心不會跟他們說，這時有像Arthur這種朋友可以分享吐露就很好。人生有像這樣的朋友關係非常重要。我覺得我很幸運，十八歲到現在不僅有像Arthur這樣的朋友，也有些很要好的同學，即使結婚了，另一伴也對他們的交友關係保持極大的信任。

Arthur——不會啦！文藝女青年耶！雖然我大學時也自我感覺是文藝青年，但是總認為不會去追像乃菁這種成績好、文筆佳又辯才無礙的女生。我們認識始於兩人都是班代，她很熱情，有她在的場合大家都會很開心。大學時她勾我的手或是我摟著她的肩，彼此都很自在，我覺得那是家人的感覺。離開學校後即使並沒有時常見面，但是默契與親人的感覺始終存在，隨時可以向對方傾吐心事，這樣的情誼真的很棒。

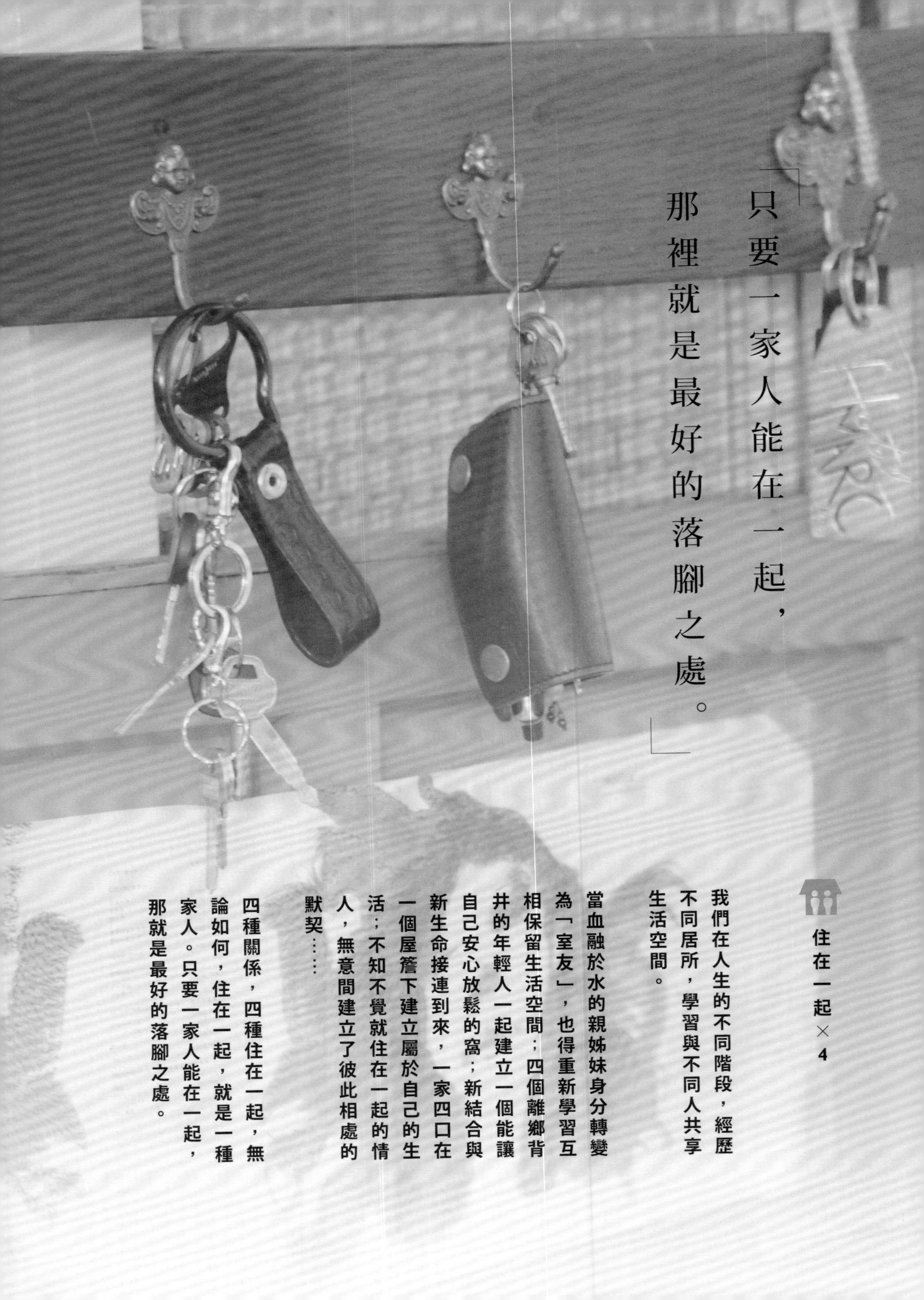

「只要一家人能在一起，
那裡就是最好的落腳之處。」

住在一起×4

我們在人生的不同階段，經歷不同居所，學習與不同人共享生活空間。

當血融於水的親姊妹身分轉變為「室友」，也得重新學習互相保留生活空間；四個離鄉背井的年輕人一起建立一個能讓自己安心放鬆的窩；新結合與新生命接連到來，一家四口在一個屋簷下建立屬於自己的生活；不知不覺就住在一起的情人，無意間建立了彼此相處的默契……

四種關係，四種住在一起，無論如何，住在一起，就是一種家人。只要一家人能在一起，那就是最好的落腳之處。

姊妹住一起
不做姊妹，
做室友

採訪、撰文——歐佩佩
攝影——趙豫中
採訪時間——2012/05/19

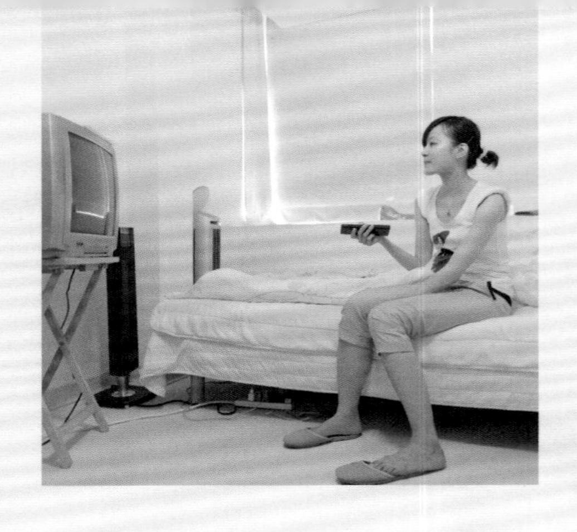

Cathy是家裡五個女孩中的老大，就像許許多多離鄉背井在外地讀書、然後接著工作的年輕人一樣，她從十五歲離家念高中之後，在外頭一待就是十多年，當然，在外租屋生活的日子，也是十多年。

Jane在家排行老四，跟Cathy足足差了八歲，Cathy離家時她還只是個小學生，記憶中幾乎沒有跟這位姊姊同住的經驗。直到高中畢業、循着姊姊的腳步上台北讀大學之後，兩人的生活才真正有了交集。

不近不遠的微妙距離

在Cathy買下現在居住的房子之前，姊妹兩人曾有過兩次「試同居」的經驗。

第一次是Jane剛上大學，暑假期間寄居在Cathy租的小雅房；兩人擠在五坪不到的空間，雖只有短短兩個月，但大小爭吵卻讓兩人幾乎鬧翻，「沒有各自的生活空間，一舉一動都逃不過對方的眼睛，這種侷促感真的太可怕了！畢竟身為大姊，我只要眼睛看到，難免還是會關心她、管她。」Cathy笑著回憶道。

這次的同住經驗，甚至讓姐妹倆的關係有幾年顯得格外疏離，即便兩人同在台北，彼此間也少有聯絡與來往。直到四年前，兩個人因為工作的緣故，剛好同時有換屋的需求，於是Jane搬進Cathy先找到的兩房公寓，再度

與姊姊過起同居生活。

「這次一開始我就跟自己說，我盡量不要當她是妹妹，而是當成室友。」秉持着這樣的原則，加上較為充裕的生活空間，姊妹兩人終於找到如何住在一起的平衡之道。

同住了一年多，兩人相安無事，Cathy心中漸漸升起一股買房的念頭，看了老半天卻遲遲沒有實際行動；很少干涉她生活的妹妹有天忽然說：「你如果有持續單身的打算，就買吧，反正我也是要付房租，不如付給你，幫你一起繳房貸；萬一有天你繳不下去，最多我來繳。」

Jane的幾句話，讓Cathy彷彿吃了定心丸，「感覺背後有個人在撐著，很有安全感。」

共享可以自由呼吸的安靜

由於經過一年多的同居實驗，兩人對一起住這件事，變得比較有信心，「如果沒有前面兩次的磨合，忽然要我下決心買棟房子，然後Jane長期住進來，我應該也沒辦法。」Cathy坦白地說。

如今兩人同住在這間採光良好、格局方正、舒適宜人的兩房公寓，各自過起忙碌的日子，日常生活的交集其實不多。

「我們常常一個星期都講不到一句話。」有時候兩個人在外頭忙得疲累不堪，回家後不僅連招呼都沒打，甚至連對方的眼睛都不會對上。

「一開始還有點怪怪的，可是久了，我覺得這樣對彼此好好，因為我們都可以有呼吸的空間。」

Cathy說。再加上兩人的工作性質，都需要大量地與人溝通，回到家之後，「安靜」是種奢侈的享受。

假日時，Cathy偶爾會煮杯咖啡、做些小點心，姐妹倆邊喝邊吃，也順便分享這陣子的生活瑣事。

Cathy是資深雜誌編輯，工作中常常會接觸到各種精緻的吃穿用住，對於居家空間很有自己的想法，家裡的陳設、器具，都由她一手打理，Jane完全沒有意見。

「我姊常笑我對這些東西都很無感，不管她買了再怎麼特別的烤麵包機、椅子、燈，我只覺得東西可以用、空間舒適就好。」

性格互補，住一起剛剛好

姊姊講究、妹妹隨和，兩人個性互補，倒是減少了因為居住品味不同而爭吵的機會。

Cathy自己也承認：「像我這樣挑剔的人，如果跟一個也是對事情有百般意見的人住在一起，衝突與摩擦一定會更多。」

兩人個性的互補也展現在生活習慣上。Jane是一個怕麻煩的人，再加上所有的時間幾乎都拿來衝刺工作，日常生活都是Cathy在照料。無論是水電費的繳納、倒垃圾、整理家務、洗衣曬衣……等家務，都由Cathy一手包辦。

「我不會因此而覺得困擾，反倒是我不喜歡別人進入我的空間，也希望家務的整理都能按照我自己的意思來；就算Jane做了，搞

不好還會被我嫌棄。」Cathy爽快地說。

兩姐妹離家在外打拼，之後又在異鄉同住，建立起第二個家庭，對她們來說，其實是件很微妙的事情。

「從大家庭離開，獨自一個人住了好多年，有天忽然變成兩個人的同居生活，心裡多了互相依靠的感覺。」

這樣的感受，對姊妹倆來說都是既喜且憂，多了份溫暖，卻也擔心有一天總是得重新適應一個人的生活。

住在一起 × 智煒、Emma、VaV、怡瑾

朋友住一起

四人好友的同棲生活

採訪、撰文 —— 艸采
攝影 —— 李盈霞
採訪時間 —— 2012/05/12

走進位於師大附近，浦城街的老公寓四樓。推開門，映入眼簾的首先就是比人還高的好幾架巨大鞋櫃。滿到擺不下，還得堆在地上的鞋子規模代替主人告訴來者，這裡可不是人丁單薄的清簡家庭。

在這個四人同住的單位裡，從玄關蔓延到四十幾坪公寓的每一個角落，從高矮書櫃、衣架、腳踏車、掛滿安全帽的舊木門框，連房東附的美國製老爺大容量冰箱，也被各種醬料和食材給填塞得齊齊密密。

視線所及之處，就是個「滿」字。

一男三女的公寓遊樂園

進門後的公共空間裡，最多的物件就是衣服配件以及堆積如山的國內外時尚雜誌及獨立出版品，這些多半來自於造型師Emma以及時尚雜誌網站編輯VaV。工作所需，Emma長期與大量的衣物首飾鞋包配件奮鬥。玄關旁的大片空間除了停放腳踏車，就是Emma最常使用的工作區域，遇上比較複雜的工作，鋪得滿地的衣服，常常連通過都很困難。

「我從專科開始就住在外面，空間裡的東西，就是十幾年來累積的全副家當。」雖然這麼說，當導演的游智煒雜物並不多，占去最多空間的身外物，大概就是電視櫃裡外，滿到抽屜推不進去的DVD收藏，以及包括金馬獎最佳短片在內的幾個獎座。「都是女生啦，她們真的很愛亂買東西，講都講不聽。」身為一男三女，四人合租公寓中唯一的男性，也是年齡最長的成員，游智煒除了是女室友們搖擺不定時的意見領袖，也常常負責與房東交涉、管衛生清潔、管佈局擺設，理所當然地擔起同住公寓大家長的角色。

「原先租的屋子住了五六年，因為喜歡師大附近的氣氛，就來碰碰運氣。沒想過會租下這麼大的空間，直到看了這間將近五十坪的老公寓，對它難得的寬闊格局和採光、狀況極佳的老木地板，以及環繞整間屋子的陽台一見鍾情，無論如何都想要租下來。」

Emma找來藝術大學甫畢業，剛考上優人神鼓團員北上工作的堂妹怡瑾；在雜誌擔任網站編輯的VaV正好也在找地方搬家，四人之家就這樣安頓下來。

兩歲多的美國短毛母貓Yummy是半年前剛加入的家庭成員，剛結紮完的她帶著俗稱「伊莉莎白」的透明壓克力脖套，悠哉地在家中四處漫步，心情好時湊上來磨蹭撒個嬌，偶爾在其中一人的身邊沉沉睡去。

四人的同居生活維持了一年半，但每個室友的生活作息各異。

雜誌業的Vav常常加班到近午夜；優人神鼓的怡瑾不時環島巡迴表演，遇上了特殊訓練，例如動輒十多天的上山「內觀」或「雲腳」等等徒步走完全台的行程，常是十天半個月回不了家。

游智煒及Emma則是時間不定、接案生活的自由工作者，採訪時正值兩人緊鑼密鼓的電視劇拍攝期，花上大半個星期溝通協調，才終於橋到全員到齊。

如果有事情非講不可，又很難約到時間見面時怎麼辦？

「直接寫個紙條貼在牆上相互留言，不然就靠科技囉，謝謝iphone和臉書，Whats app軟體或臉書的群體信箱功能，我們都很常用。」任職於網路媒體的Vav說。

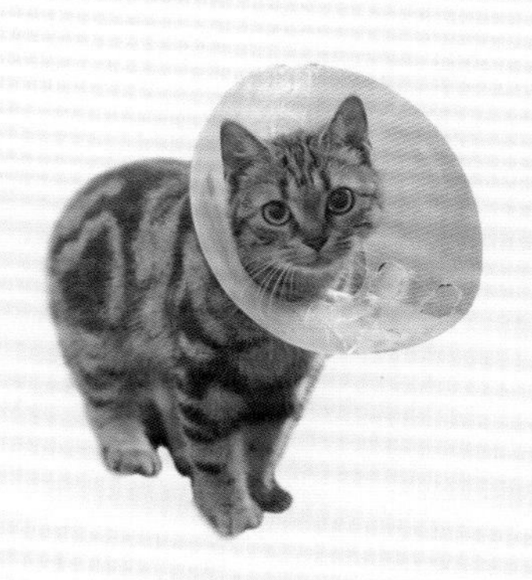

每個第一次走進公寓的朋友，最驚嘆的就是大到奢侈的公共空間。將近二十坪的客廳及餐廳如同有機交誼場。除了室友們的日常活動，每逢重大節慶及友人生日，這裡總有或大或小的主題聚會及慶生場子，無聊、寂寞或是剛好路過，來按個電鈴，上樓坐坐的隨興氣氛也讓朋友們戲稱這裡是另類的「里民活動中心」。

屋內最搶眼的裝飾是牆上的大小海報和傳單，與散落四處的古董小物和民族風擺設一樣是女孩們從跳蚤市場、小店和國外四處蒐集而來；而客廳的大木櫃和茶几則是請朋友買來木材，全家一起徒手拼接完成，克難，卻有趣。

四個人興趣近似，也都愛動手佈置環境，雖然平時各自忙碌，難得室友們都在家時，游智煒會上

住在一起 就是一家人

網查食譜，或者隨心情做好中西式早餐，再把室友們挖起來，一起看著DVD聊天配飯，享受難得的共處時光，「我喜歡做飯，也很享受大家圍著桌子一起吃飯的感覺，室友對我來說，就如同是家人一般的存在。」

在客廳上網、找資料、整理工作用的大批衣物飾品、一起看電視或者玩貓，搭上間歇性，有一搭沒一搭的聊天，是同住公寓每日最尋常的風景。

四人擁有整個晚上不說一句話的好默契，在外受了委屈，也能帶瓶啤酒回家，邊喝邊和室友大吐苦水，這間三女一男同住的奇妙公寓，宛如吉田修一筆下的《同棲生活》般的情景，他們的真實人生裡，天天上演著現實又夢幻的城市寓言。

住在一起×洪震宇、余子櫻、洪倩耘、洪羽廷

全家住一起
一家四口的獨立時代

採訪、撰文——艸采

攝影——李盈霞

採訪時間——2012/07/08

洪震宇曾是雜誌人和記者中堅，一手策畫了巡遊全台的三一九鄉專輯，也曾在時尚雜誌擔任副總編；余子櫻原本從事廣告業務，七年前，兩人攜手走入家庭。

由於工作壓力過大，婚後子櫻的身體狀出現警訊，休養之後，懷了大女兒倩耘，因此決定離開職場，當個全心照顧孩子的全職媽媽。

有了孩子，也讓兩人重新思索，努力工作是為了滿足家人的經濟需求，但除此之外，是否能有其他得到幸福的道路？

夫妻倆經過考慮，洪震宇在三十多歲時讓人生轉了個大彎，撕下社會理解的標籤，成為如今的故事人、創意人以及作家，第二個女兒在兩年多後出生，一家四口的結構於焉成形。

回歸家庭，陪孩子慢慢長大

洪震宇五歲的大女兒洪倩耘有著晶亮的眼睛和捲翹的長睫毛，綁了小馬尾的她帶著微笑，害羞地靠過來，把手上剛剛畫好的圖遞過手邊：「這個送給妳。」兩歲半的小女兒洪羽廷見狀有樣學樣，樂呼呼地邁開不穩的小腳步追上，也把自己畫的圖送上來，認真的臉蛋上，一張翹嘟嘟的嘴唇，可愛到彷彿會滴出蜜來。

「假日我常常不在家，多半在外面演講或者經驗分享，老婆一個人帶兩個女兒會辛苦一點，週間的時間彈性許多，我可以花上比別人多的時間陪伴家人。」

他們一家四口在永和的公寓，有著大片採光通風良好的窗戶，週末午後的陽光照進屋內，亮晃晃的窗邊，兩個女兒喜歡的小木馬沐浴在光線裡。

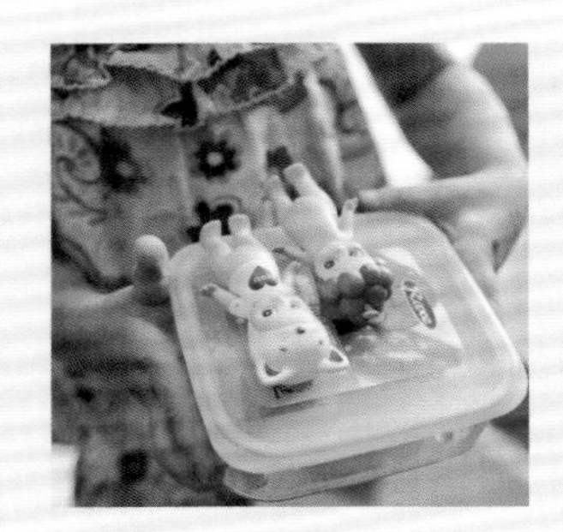

洪家的一天通常是這樣開始：早上洪震宇起床，慢跑、做早餐、切好全家人的水果，然後去市場買菜，「我通常是一個人去買菜，跟附近市場的菜販都混得很熟，很長一段時間，他們還以為我是個單身漢，我買那麼多菜耶，一個人怎麼可能吃得完。」洪震宇調侃自己。

忙完一家子的早餐，洪震宇出外開會談案子，太太子櫻開始做家事，處理小孩的大小雜務，晚餐前洪震宇回到家，四口之家再一同享受夜晚時光。

洪震宇家沒有第四台，女兒一天只給看半小時卡通，許多父母慣性將iPad塞給孩子使用的敷衍習慣，在這個家也不曾發生，「比起單向接收電子媒介給予的刺激，我們花很多時間念故事，小孩的理解和溝通能力才會進步得快。」

每天睡前，兩夫妻一人抱一個，在放滿了童書的大女兒房間看童書講故事，「父母就是孩子最大的榜樣，如果爸媽成天都在低頭玩智慧型手機和iPad，那麼孩子也會想跟你做一樣的事，我們盡量不在孩子面前用太多數位產品，以身作則，規矩也是這樣教起來的。」子櫻補充道。

「對我們來說，住在哪裡不是重點，只要一家人能夠在一起，那裡就是最好的落腳之處。」子櫻說。改變生活方式，兩夫妻也更能摸清瞭解孩子的個性，用適當的方式陪他們長大。

共度的時光 就是幸福的解答

花時間不代表溺愛孩子，在這個講求規矩的屋簷下，女兒們早早就戒掉尿布和奶瓶、睡在不同的房間，小女兒更是從五個月大起，就訓練她獨自過夜。

還在探索世界的成長期，兩姐妹獨立懂事的性格即隨處可見，訪問開始沒多久，細心的倩耘注意到我們沒有動口喝爸爸沖泡來待客的蜂蜜水，催促著快點喝，羽廷在旁邊看著姐姐的一舉一動，也跟著把杯子推向我們，小大人的可愛舉動令人莞爾又窩心。

適入夏季，兩夫妻幫倩耘報名了師大的幼兒體操班，一到五每天早上全家出動，大女兒在教室裡有模有樣地上課，活潑外向的羽廷就在教室的角落翻滾玩耍，或和媽媽在教室外跑跑跳跳。另外，兩夫妻都有慢跑的習慣，固定練習馬拉松的子櫻即將挑戰人生第一次的半程馬拉松，到陽明山跑完二十一公里，洪震宇對太太的實力充滿信心。

假日時，一家四口帶著便當到家附近的公園野餐玩耍，然後吃子櫻做的壽司當午餐，玩累了回家，四個人再躺上大床，睡個飽飽的午覺；因工作前往花蓮或台南探勘時，洪震宇偶爾也會帶上家人，爬山、下田、近海，拿出他製作三一九鄉專題和寫書的功力，讓孩子更貼近土地。

選擇脫離常軌，卻意外開啟了全新的實驗樣貌，四個分開的個體看似各自獨立，卻又深深互相牽絆，所謂的幸福家庭生活方式，對洪震宇一家來說，本來就不該只有一個標準解答。

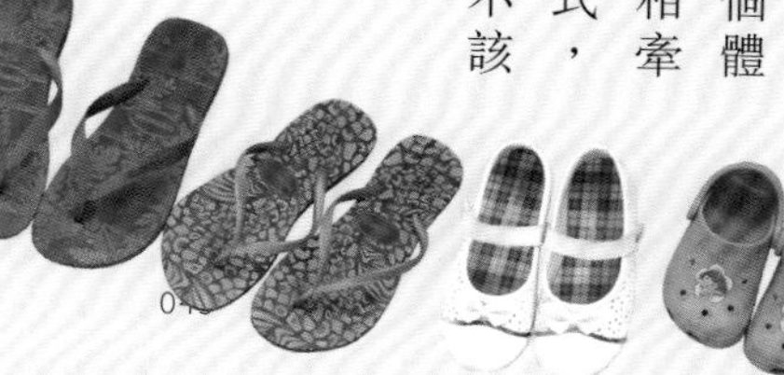

情侶住一起
不黏不膩
的半同居生活

採訪、撰文——歐佩佩
攝影——李盈霞
採訪時間——2012/05/12

很多時候，情侶常常是不知不覺地住在一起。

剛交往時，先是偶爾過夜，早上起床後稍顯匆促地離開；等到雙方熟悉點，就變成週末假日時兩天一夜的留宿；隨著時間漸漸過去，有天忽然驚覺放在對方住處的私人物品愈來愈多、回家的日子愈來愈少。

習慣了新的床鋪、浴室、衣櫃，習慣了對方的作息、氣味與輕輕蹙眉，習慣了兩個人無時無刻膩在一起，習慣了起床睜眼、睡前都看得見對方的身影……習慣了從在一起到住在一起。

最自然的半同居關係

交往將近十年的電影工作者Natacha與表演藝術工作者Don，如今的生活型態，就是前述這種自然形成的半同居關係。

四年前，Natacha從家裡搬出來，自己租了這間位於頂樓的大套房，一開始的動機，純粹是因為想要擁有個人的空間。

「女生常常是結婚前跟家人住，結婚後又跟另一半一起住，所以我希望把握住這段時光，好好享受一個人住的感覺。」

但事情的發展稍稍超乎Natacha的預期，現在Don每週有四天的時間會留宿在這，剩下三天則回家陪伴年邁的親人。

「有時候Don工作結束後過來找我，時間已經很晚，第二天一大早又有工作，我不希望他舟車勞頓，就留他下來過夜，就這樣愈住愈多天。」Natacha笑著說。

「而我也覺得有個空間，可以偶爾跟家人分開，還挺不錯的。」Don補充道。

由於Natacha一開始找房子的時候，並沒有想到會往半同居的方向發展，所以如今小小的屋子裡，堆滿了兩人四貓的各種生活物件；Don在這只放了些不佔空間的必需品，例如工作上會用到的書、iPad、畫具、幾件衣服。

「有陣子我的車子甚至變得像行動公寓，堆滿了平常會用到的東西，後座甚至還掛著西裝呢！」

渴望獨處 也渴望親密關係

空間雖然略顯侷促，他們倒是很喜歡這間小屋的溫馨，兩人總是窩在一起看電影、看書、聊天、玩貓。他們甚至還在房間的一角弄了個迷你廚房，電鍋、烤箱、各式調味料與食材，一應俱全；手藝好的Natacha常常就着這個小空間煮義大利麵、湯麵，講究時還會煮三菜一湯，或是做份便當讓Don第二天帶出門享用。

這其實不是情侶倆第一次的同住經驗。從大學就開始交往的他們，多年前也曾體驗過與室友合租一棟房子的同居生活。

「跟完全住在一起比起來，半同居的好處是雙方還是各自保留了一點空間；不管我們再怎麼習慣跟對方在一起，一個人和兩個人的思考模式就是不一樣，需求也不一樣。」

對獨處和建立親密關係的渴望，的確不是兩件互斥的事情。這幾年，Natacha與Don建立起良好的互動默契，對方不在身邊時，兩人各忙各的，跟朋友碰面、做些對方不感興趣的事，或者僅僅只是享受一段獨處的時光。

另外有些事情，他們會特別留下來等對方一起參與，例如兩人都極愛的電影。

「如果Don不在，我幾乎不會自己看電影或影集，因為我發現我常常才看了幾分鐘，就一直在想這個鏡頭他一定會很喜歡、這句對白他一定會覺得很好笑，最後乾脆放棄，等他來再一起看。」

Don在旁邊笑著補充說：「我們是宅情侶，在家的時間幾乎都坐在沙發上看DVD。」

「前陣子有個週末他回鄉掃墓，我竟然覺得非常自由，這才發現原來我們每個週末都在一起；接下來我要跟朋友去韓國旅行，我相信他也會有這種感覺吧。」Natacha說完大笑了起來。

Don在旁邊幫腔：「對，我要趁你不在的時候，整天待在家裡打電動！」

看來若不是對彼此的感情有著強烈的信心、深刻的理解，又怎麼能形成這種成熟而不黏不膩的半同居關係。

創造在一起×6

交出自己，我要跟你在一起

採訪、撰文、攝影——黃麗如

「在一起了嗎？」這個問題可以簡單回答Yes或No，但回答是非題前的曖昧、悸動、不安、想望，其實比最終答案更吸引人。

每一個人都是獨立的星球，要認識一個人，甚至走進對方的生命場域其實不容易，如何火星撞地球般的和另一個小世界的人種擦出火花，需要機運與勇氣。當習慣一個人、習慣既定的生活運作模式、習慣於每日每夜定時運轉的安全網，「和別人在一起」，成了對自己小世界的挑戰。

在一起可能是場冒險、也可能是一場意想不到的狂歡——鼓起勇氣走進陌生人的家裡當沙發客、任性地把自己放在異鄉打工換宿數個月、半故意半賭注地將車子開進Motel，或把人生經歷數字化地填寫理想對象需求表……這些一次又一次地勇敢將自己交出去的歷程，其實是大膽的打開生命窗口，即使只開個小小縫隙，人生的滋味都會有所改變，不管酸、甜、苦、辣，調和過的氣味註定激發出多層次的氣息。不管喜不喜歡，都是在一起的證據。

本刊提出六種硬要、非要去創造在一起的練習，附上過來人經驗和建議，實際執行起來，也許不見得能提高在一起的效率與保固期，但保證可以激盪出自我不同的面向，看見更多表情的自己。

養隻寵物

與另一種
小生命相處

Stories

一個月前，在外流浪的貓媽媽把一隻老鼠狀的小貓咪放在小P的花盆裡然後遠走高飛，本來不打算養任何活生生、有體溫生物的小P，被迫開始養貓，

小貓咪的介入，逼著小P改變逛街動線，原本和寵物店沒有任何交集的她為了餵養幼貓，成了寵物店的常客，三不五時去問永遠掛著笑容的寵物店女孩，如何用奶瓶餵小貓咪、一天餵幾回、貓咪吐了怎麼辦、幼貓如何保暖、哪一種飼料適合小小貓、貓咪要不要洗澡？

馴養小貓咪的話題也讓其他來店裡買飼料的貓友加入討論，一個陽光男孩熱情表示他也剛撿到兩隻小貓，五十天大，吃該牌飼料順利長大。

小P發現，因為這個小動物，她的生活不只是被小貓介入，她也被迫走進了「貓國」，貓友關心的話題都成了她關切的主題，她在貓國找到奇特的歸屬感、甚至找到愛情。

「有了寵物後，之前堅持的生活原則瞬間瓦解，一切以寵物為優先。」Sophie說。

Sophie養了三隻貓，家裡的小牛皮沙發充滿了貓抓痕，她笑著說：「以前朋友坐在這張沙發打翻果汁，我氣得想跟人絕交。一開始發現貓抓沙發我也很生氣，可是看牠們抓得很開心、很痛快、那聲響似乎能治癒牠們流浪的靈魂，我就認了。」

過去Sophie把床視為聖地，要沐浴淨身後才能上床，一開始她也不准貓咪上床睡，但貓咪的任性和可愛也讓她屈服了，她無奈地說：「看著牠們搗著臉或是四腳朝天或是伸長身子熟睡，我怎麼忍心叫牠們下去。」從此以後，她只好和三隻貓一起睡，一隻掛在頭上、一隻壓在在腳上、一隻躺在肚子上。

News 98寵物節目「阿貓阿狗逛大街」主持人林清盛說：「養寵物會改變一個人的生活樣貌，我因為養了貝克漢，就覺得對牠有責任，必須每天帶牠散步，在日本看見漂亮雨衣也會買一件給牠。寵物的主人都很認命，因為和寵物在一起的時光真的太甜蜜了，牠們給我們的愛與安慰是曾經在一起的人才知道。」

Tips

絕對堅持以認養代替購買

有的認養單位會給飼主適應期，若在一個月內無法和認養的寵物和平相處，可把寵物帶回認養單位。認養前一定要問清楚萬一不適應要怎麼辦。

流浪貓認養訊息

獸醫院常會張貼流浪貓認養的訊息，甚至可以在小診所裡看到流浪貓犬，此亦為可行的認養管道，此外還可上一些認養單位尋找想要領養的寵物。

走訪寵物用品店

多走訪寵物用品店，不只可以看到各種討好寵物的用品，還可以和其他飼主討論幫寵物洗澡、餵食等疑難雜症，說不定可以迸發和人類在一起的火花。

info

台灣動物緊急救援小組認養資料庫 www.savedogs.org/petfinder

台灣認養地圖 www.meetpets.org.tw/pets

不一定是睡沙發

Stories

按下網路信件上寫的地址門鈴、走進初次見面還稱不上是朋友的客廳需要多大的勇氣？

這不是做直銷、也不是推銷商品，而是要登堂入室睡一晚，要躺在別人習以為常的生活空間裡、要走進各式各樣保養品牌沐浴用品以及可能沾著菜渣牙刷的洗手間裡……

在沒有任何感情與認識基礎上，必須冒險地睡一晚——

這不是一夜情，而是沙發客。

「讓人鼓起勇氣去冒險的最大原因就是想省錢。」

曾花一年環遊世界的Vincent說。由於住宿費佔旅費很大的比例，希望行程中能免費就住免費，如此一來沙發客網站就成了搜尋省錢住宿點的首選。

Vincent在旅行法國尼斯的時候住在沙發友Leon家，Leon的沙發位在尼斯的外海Frioul Islands島上，一進Leon的房子才發現那是個很小很小的套房，沒有沙發，只有一張單人床。套房的牆上掛滿了獎狀和獎杯，原來Leon是歐洲出名的棋士，只是窩居在老人公寓的套房裡。

兩個男人，在一個小小的套房裡，自顧自地過著白天黑夜互不干涉的生活。

賭博是Leon主要的收入來源，

所以晚上Leon把床給Vincent睡，自己則在網路上賭博；白天，當Vincent出門去觀光，就輪Leon睡。

只有其中一個夜晚例外，Leon帶Vincent到老人公寓旁的海邊幽幽地跟他說：「你可以在這裡裸泳。」

Tips

預算控管需自行斟酌

當沙發客的禮數上要送個禮物或請主人吃頓飯，有時候請客吃飯的價格還超過睡青年旅館的錢，所以不見得比較省。

你適合當沙發客嗎？

沙發客是一種會很緊密地涉入對方生活圈的在一起模式，比較適合喜歡跟人交際的旅人。若只是想在旅途中好好睡個覺的人，不建議當沙發客。

沙發客哪裡找？

www.couchsurfing.org

沙發客的緣起網站，每個人都可以免費登錄，逛這個網站有如在逛大宅院，可查看每個主人可以提供的是sofa, coffee, tea, or me。會員寫的評鑑和種種留言很有參考價值。

在地沙發客

ihaoke.com

以華人市場為主的互助旅遊平台，有許多台灣人在台灣各地睡沙發的提醒。

要在亞洲華人圈睡沙發可研究此網，中文介面，無語言障礙。

Books

《你家沙發借我睡》／林鴻麟／2008／時報出版

《沙發旅攝》／張逸帆／2011／迪希數位

打工換宿

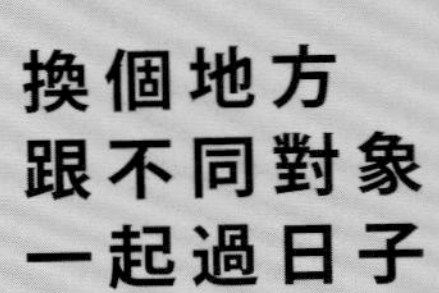

Stories

省住宿費的方法不只是當沙發客，打工換宿亦是不錯的形式。

當沙發客多半只會認識主人，和主人在一起吃一頓飯或一起看電視；打工換宿則往往可以認識一群人、了解一個地方的生態與作息，是和一個地方好好在一起的旅行選擇方式。

小藍因為喜歡大海、想到碧海藍天的地方簡單過日子，因為喜歡日劇《海灘男孩》，當他發現蘭嶼的民宿有打工換宿的機會，立刻搭火車、換渡輪，奔向台灣最原始的島嶼。

小藍說：「蘭嶼因為人工難請，所以有很多打工換宿的機會，但民宿或餐廳都希望來的人可以幫忙一個月到兩個月，愈久愈好，這種形式很適合想給自己一個長假的人。」

小藍在蘭嶼就像個打雜工人，什麼都要做，修水電、整理房間、煮早餐、搬重物，但當客人比較少的時候就可以跟著達悟族的朋友去潛水、觀星、捕飛魚。

他笑著說：「雖然生活條件沒有台灣好，可是卻是紮紮實實的海灘男孩歲月，雖沒賺到什麼錢可是卻賺到很難得的蘭嶼經驗，也交到熱血的朋友。」

若沒辦法長時間打工換宿，台東也有一些民宿提供單日的以工換宿機會，像在台東鹿野的「鹿寮客棧」就歡迎背包客、單車族、學生來這裡與在地人交流。

社區發展協會總幹事廖中動說：「旅人可以來這裡擔任一到兩小時的社區志工，幫忙整理環境，我們就提供住宿。」

在台灣，要找一個地方睡覺並不困難，但能透過幫助別人的方式、認識在地的習俗與文化，相信能睡得更香甜。

Tips

打工換宿遊台灣網站

www.kitaiwan.com

提供豐富的打工換宿資訊平台，可依自己的喜好挑選房務、餐廳、教學等工作領域。

背包狗青年旅舍

0922677997／台東都蘭有不少打工換宿的機會，其中背包狗青年旅舍最為出名，這家旅店有許多外國背包客入住，可認識不少異地旅人。

鹿寮客棧

台東縣鹿野鄉永安村永嶺路78號／089-552224

由榮民雜貨店改裝而成，在這裡打工可以感受退役榮民的生活，舊台九線的綠色隧道就在旁邊，斜對面還有一間mini咖啡館，打工換宿的環境頗優。

蘭嶼

蘭嶼提供打工換宿的店家皆提供船票等交通費，有些店家還會給微薄的生活費，但生活費很容易就在蘭嶼島上有意思的酒吧裡花光，不要有可以賺錢的幻想。除非，你是在酒吧打工換宿。

Books

《WWOOF日本農場打工慢遊》／洪正佳／2009／太雅出版

《在台灣打工度假》／繁星編輯部／2011／繁星多媒體

加入婚友社

為了遇見在一起的人

Stories

Sisi從來沒有想過有一天會走進這棟大樓的電梯，大樓外頭掛著的招牌：「大醫院小醫師」，是她每天搭捷運時都會瞥到的標記，當捷運在科技大樓站大轉彎時，這個粉紅色的招牌都會跟車廂裡的紅男綠女打招呼。

當身邊的好姊妹一一結婚、當參加志工團體大家總是談著自己的小孩與婆媳相處之道、當她去學書法時同學多半是老人與小孩，在學校教書的她才意識到和她差不多年紀的人在三十五歲時多半都走進了家庭。

像她這樣自由自在、自立門戶的沒幾個。因為生活一成不變，也因為想找人作伴，Sisi鼓起勇氣走進這棟大樓的電梯，想要認識人、認識聊得來的人。

「大家來這裡加入會員就是想要認識人，所以來這邊一定可以認識人吧！」Sisi說。填了報名表、在表格上勾了身高要一七〇以上、再勾學歷要碩士以上，然後繳交報名費一萬元，就完成了入會手續。

櫃檯小姐說：「一萬元我們會幫你介紹五個人，不過三十五歲能介紹的對象比較不多，要有點耐心。」

一個月後，Sisi接到媒婆來電，幫她約了一個中醫師跟他認識，兩人就在「大醫院小醫師」的包廂裡見面，那裡有許多包廂，星期天的下午，很多男女都在互相「認識」。認識的時間只有一個小時，中醫師一進門、看了Sisi一眼，然後就一直盯著桌子，不

怎麼講話。Sisi第一次發現度秒如年，兩人乾涸地熬過了一個小時，不歡而散。第一次的練習在一起索然無味得讓Sisi覺得空虛，離開那棟大樓，她走到瑜伽中心做瑜伽平衡自己。

第二個「認識」是在兩個月後，對象是位泌尿科醫生。男人很健談，太健談了，一直講一直講，Sisi無法插話。可是男人始終不聊自己的背景，眼前的人仍然是背景模糊的人種。一個小時過去，再次禮貌性告別。

「我只是單純地想認識身家清白、聊得來的人，有那麼難嗎？」Sisi說。

Sisi就像賣火柴的小女孩，用掉兩根火柴，還剩下三根。她努力地練習，執意想找到對的人。

Tips

擇偶條件

婚友社和聯誼中心都以外在條件當做擇偶基礎點，多半會根據會員列出的年齡、工作、學歷條件去配對，報名時要把對象條件以量化的方式表達清楚。

你適合婚友社嗎？

著重心靈層面的男女，很難在婚友社的問卷單上挑出具體的對象，因為你沒辦法勾選喜歡村上春樹又要喜歡聽爵士樂。

聊得來

每個人都在找「聊得來的人」，但這個人其實並不在婚友社問卷選項裡，聊得來的人其實就是最難找的人。

在婚友社若遭遇不順，往往會慶幸這世上還有電話客服這個服務。

Books

《LAKIKI婚活日記》／LAKIKI／2010／平裝本

《媒合也可以找到真愛》／劉峰松／2009／玉山社

開個房間吧

讓我們一起滑進那車道

Stories

一出劍南捷運站，「WEGO」誘人的招牌加上前方的美麗華摩天輪，愛情習題從一壘到全壘打，都可以在這個區塊紮實地練習一回合。曾幾何時，摩鐵（Motel）成了戀人朝聖的地標，其實如何輕鬆、自在、順順的把車子開進摩鐵其實是一門學問。「那真是充滿挑戰的車道，太嫻熟，女生會覺得你是不是很常來；太笨拙又會挫了開房間的豪氣。」以摩鐵記錄自己戀愛戰場的阿光說。

「女生不喜歡直白的東西，大剌剌地說我們今天就去摩鐵開房間，他們會覺得意圖太明顯，尤其對剛認識的女生。」阿光經驗老到地說。他指出，最好是一天的遊程結束後以「不小心」的狀況下滑進那車道。比方在新生北路高架塞車塞得太嚴重，只好「不小心」滑進「薇閣」的錦州街車道，這種無知加上不小心的小可愛，能讓第一次滑進那車道不那麼尷尬，同時也創造出在一起的新冒險。

雖然和情人去了好幾次摩鐵，但花花每次和男朋友滑進摩鐵車道時還是有一種小鹿亂撞的感覺，她說：「坐在駕駛座旁要進入那個車道的感覺比開房間還刺激，你會看到服務小姐打量你的眼神、會從後視鏡看到後面那台車子躍躍欲試的模樣，那一刻不管你跟駕駛座的人是怎麼樣的關係，所有的人都會認定你們是在一起的。」

負責站在車道口收錢的摩鐵員工小玉說：「現在的摩鐵有很多主

題房，其實很多女生都很喜歡，現在車子右座的女生都沒有以前那麼羞怯、或是會帶大墨鏡。最近進來這個車道的客人眼神都很

祖蕩蕩啊！」她也提供了一個防跟蹤撇步，就是搭計程車進來，退房再請計程車來載。小黃代步，一起進摩鐵更自在。

Tips

搭捷運也可以

只要搭乘台北捷運文湖線到劍南站，散步就可以抵達的Motel有：薇閣、沐蘭、ISIS等，汽車旅館也歡迎走路進去check in的人，不見得要開汽車喔！

也是觀光勝地

值得一起開車見識的皇宮規模Motel：台中七期區的摩鐵群，有的房間裡還有游泳池，有的把房間設計得像villa，床，不是唯一的重點。

順便練歌喉

有的Motel裡提供的KTV歌單非常新，很適合三五好友去開間房間歡唱在一起，突破Motel只是兩人世界的框架。

害羞的人要注意

Motel浴室的門通常設計成透明狀態或甚至會沒有門，若是非戀人關係者進去唱歌或下午茶，可能會有點尷尬。

info

汽車旅館查詢網 www.qk.to／twmotel.com

找個潛水伴

深藍世界裡不能分割的身影

Stories

「一組一組下去，到五米深的地方等自己的潛伴」教練說。揹著氣瓶、戴好面鏡的夥伴一一跳進海裡，小玉被分配到跟和她一樣落單的男孩一起探索海底世界。

到了五尺深的沙地後，整團人開始海底巡遊，教練打頭陣帶隊，之後跟著一對一對的潛友，她和被分配到的新朋友透過面鏡相視而笑，男孩保持在小玉前方45度角的位置，他的蛙鞋上寫著W，所以當小玉逛著花團錦簇的珊瑚礁花園時，都會看到W這個字眼，看到W就代表她沒有跟丟、沒有迷路。

她跟著W和小鯊魚相會、看見小丑魚快樂地穿梭在海葵間，她也跟著W飛過海底的峭壁，看見幽暗又透明的藍光。W偶爾會回頭看看小玉在不在，三百六十度的海底空間突破陸地上的視角，有時候真的會找不到人，兩人總要目光從上到下、從左到右掃射一次才會看到彼此，當眼神交會時，總會相視而笑。海裡不能講話聊天，所有的溝通都只能透過眼神、手勢確定對方的狀況是安好的、安全的。海裡很安靜，只聽得見自己呼吸的聲音。

在寂靜世界裡，和潛伴之間的眼神是最露骨的溝通，因為在這蔚藍的大海裡，潛友唯一的依靠就只有潛伴；若潛水時感到不適，會第一個發現、能即時救援的也只有潛伴；當興奮於海底世界的繽紛，能分享到喜悅的亦只有潛伴。潛伴是深藍世界裡不能分割的身影。

潛水教練Roger說：「因為安全的考量，潛水活動一定要有潛伴一起下水，不能獨潛，所以潛伴對潛水的人來說非常重要，有固定的潛伴，潛水活動才能持續，沒潛伴的旅人很難把潛水當做長期而固定的活動。」

通常潛伴都是學習潛水時的朋友，若朋友四散，潛水的壽命也差不多走到終點。不過，潛水中心不乏獨自報名參加潛水旅遊的潛客，在潛水中心的安排之下，也極有可能找到能一起下海優游的潛伴。

Roger笑著說：「潛水的人一定都喜歡海洋，在這樣的默契下，很容易找到同好，今天你自己一個人來，之後你可能就是帶了一票朋友來，海底世界的歸屬感，會讓人一次又一次溫習在一起的溫暖感覺。」

Tips

找誰一起去潛水？

和好朋友一起去學潛水，日後就可以常結伴前往。但不建議戀人一起去學潛水，萬一日後分手，很容易就沒有潛伴，潛水活動難以持續。

準備潛水傢私

通常潛水教練會要你買齊裝備，建議只買輕裝備。重裝備都可以租借、不需擁有，除非你一學就愛上潛水，而且一年潛十次以上者，買重裝才划算。

去哪裡潛水？

綠島和後壁湖的魚類、珊瑚，光看身旁的光線與風景都會覺得明媚動人。小琉球烏鬼洞一帶，可以看見海龜在自己的身旁游，是很有意思的體驗。

info

中華潛水推廣協會 http://www.cdda.org.tw/

《最佳潛點深入介紹》／楊志仁、楊清閔、李展榮／國立海洋生物博物館

在一起的step by step

第一次結婚就上手

撰文——黃哲斌　圖——Cherng's

「請以結婚為前提，與我交往吧。」

親愛的，你確定嗎？

你真的知道，在走進宛若《教父》拍攝現場的婚宴會場、吹乾絨布證書上的朱色印泥之前，必須經歷哪一些挑戰、陷阱、磨難、考驗？

你真的知道，在你們無害的兒女私情進入社會系統、性愛自由列入民刑法束縛之前，有哪些事必須被提醒？

本刊浪漫企畫——「第一次結婚就上手」，細部分解以各項結婚為前提的交往步驟，從告白到婚禮，Step By Step，讓普天之下所有的好男好女皆可以無痛學習，快速吸收，十分鐘變專家，不要輸在起跑點。

親愛的，讓我們在一起吧。或許。

step 01.

試探／告白

「所有情侶，都從兩個各懷心機的朋友開始。」

無論筆友、網友、宿醉醒來發現沒穿衣服的酒友或班對、系對、校對、相親派對、先生你踩到我的腳對不對？一旦起心動念，就展開一段追逐試探的心理遊戲。

魚雁頻繁的電子郵件、刻意裝作不刻意的電話還有傷春悲秋彷彿松尾芭蕉轉世的簡訊，再加上噗浪、即時通、推特及臉書上的眉來眼去，曖昧事件以電波或網路光點的形式悄悄試煉。

其間你們像參加救國團團康活動的新人，自我介紹並收集對方一切情報，從哪間國中畢業開始，愛吃小黃瓜不碰香菜、喜歡比爾墨瑞討厭金凱瑞、偏好鳶尾花謝絕香水白合，雙方像法庭書記不斷輸入枝微末節的呈堂證供，想方設法在對方感到無聊之前，說服彼此眼前是靈魂伴侶。

然後是告白，愛情梭哈的第一手亮牌。小時候用卡片，高中時在冰果室，長大後則可能要借助一點酒精或嘈雜音樂或MSN表情符號。總之，告白是一門藝術，同樣的畫布，一百個作畫者創造一百種可能，成功的或失敗的。

重要提醒：

流汗總比流血好：
每次通電話或MSN之前，請備妥五個對方感興趣的話題、三個笑話、兩個你想詢問對方的問題，不要言之無物天氣很好哈哈哈…

告白很難，也很簡單：
重要的是，設想各種可能，包括撤退方案，不要讓自己看來像個二愣子。

step 02.

約會

然後是約會。兩隻螞蟻互相伸出觸角搓揉，謹慎跳著恰恰舞步偶爾踩到對方；當某種共謀完成，你們成功甩掉對方身邊的恐龍護法或酒肉損友，單刀奔赴嶄新的雙人關係。

兩具新鮮陌生的軀體，對坐咖啡座一隅，或攜手於暗佈寵物排泄物的公園步道，或歷險於看不到仙后座流星雨的藉口山頭，漫不經心地聽對方吹牛著人生履歷，滔滔發表他自己都不信的愛情哲學，援引村上春樹談旅行、拿羅柏派克背書談紅酒、學王文華的韻腳談性愛觀，不怕打瞌睡的順便搬出布赫迪厄罵罵弱智媒體、找出金觀濤與黃仁宇分析中國文化的變遷與兩岸和戰曲線落點。

一切的關鍵是話題，及想像力。

男女約會就是一連串交換人生價值、未來想像以及旅遊清單的過程，或許還順便交換體液。就像香水有前中後味，約會也是。開始市區餐廳、咖啡館、電影院，然後往郊區、兩天一夜國內短遊推進，接著升級三到五天的海外旅行。

如此往復迴圈，當你們歷經三到五次出國經驗，用盡了話題與想像力，約會次數會愈來愈頻繁，

周五晚餐不再是刺激歷險，而是公民義務，你們約會地點離床鋪愈來愈近、愈來愈簡單，巷口麥當勞、鬍鬚張魯肉飯，然後一起回家看DVD，而且看完才發現你早就在HBO看過了。

如果有天，你們連上陽明山看夜景都嫌麻煩，恭喜你們，你們要不就準備各自另找買主，要不就該升級下一階段。

重要提醒：

演技絕對很重要：
就算你早與三位前任女友來過墾丁（舉例），也要假裝一切興奮新奇，否則你的假期立刻提前泡湯。

step 03.

拜見家長

當你們的約會話題都重覆兩次，對話的內容愈來愈細瑣、無關緊要，吃飯盯著餐盤的時間是盯著對方的兩倍，同性友人已認定你的周末晚餐自動屬於另一半，前任情人也失聯半年，恭喜，你們的愛情已進入「能趨疲」狀態，下一關就是拜會雙方家長。

這是一種裝著隱藏攝影機的「親友鑑定團」，這些人某種程度將影響你的後半生。保險起見，請想像你要參加的是一次非常重要的面試，主考官是《穿著Prada的惡魔》裡的梅莉史翠普。

請記得適度微笑，準備好適當道具、服裝與話題，並在適合的時機讚美長輩，菜燒得很好、領帶很年輕帥氣、髮型吹得很漂亮。

如果順利，你們等於拿到某種允許抽取一張「機會」或「命運」的通關指示，無論好與壞，你們會獲得愈來愈多關注，直到下一個階段。

重要提醒：

自備族譜小抄：
叫錯對方長輩是致命傷，如果他生在一個大家族，建議你比照《紅樓夢》規模畫一張族譜圖，就連二表舅的大兒子的前女友也要拉虛線畫進去。

Do & Don't：
事先打探對方父母的喜惡，列張「十大Do & Don't」，時常背誦複習。

step 04.

求婚

此階段的三個關鍵字是：閃亮石頭、單腳下跪、驚喜淚水。若上述一個都沒有，你就麻煩大了。

「求婚」是人類社會最奇特的發明之一，既是兩人合意的確認儀式，原本該是齣愛情喜劇的結局元素，但往往更像諜報片的爾虞我詐、科幻片的瑰奇想像，一不小心就變成希區考克的驚魂記。

當然，兩人關係不同、相處模式不同，會發展出不同的求婚規格及標準配備，然而，ABS與雙安全氣囊——一只具魔力的戒指是不可或缺的。

一場標準規格的求婚，必然經歷小型陰謀詭計，不動聲色取得女方的指圍、搜索枯腸猜測對方的喜好，然後好奇該把戒指藏在蛋糕或香檳或花束裡，而不會被誤食、誤飲或丟棄。

最後則是「你最好按對按鈕」的火燄考驗，如果她不愛高調張揚而你斥重資在忠孝東路買下「小花嫁給我吧」的看板廣告、如果她有懼高症而你竟然安排跳傘求婚、如果她討厭驚嚇而你闖進她們公司尾牙下跪起鬨，就算她出於憐憫尷尬只好點頭，也會叨叨碎念一輩子。

重要提醒：

沒有提醒：我自己就是失敗的求婚者。總之，你最好是先寫好劇本、備妥道具、抓好Cue點，剩下的，就自求多福唄。

step 05.

提親／訂婚

如果運氣好，提親過程會彷彿拿著百貨公司提貨單，照章行事，憑據領取；運氣不好，就會接近企業併購的細節協商，日期、金額、法律及民事程序，既是親屬篇也是財產篇。一場坐立難安的心理局戲。

光是訂出婚期，就像過五關，女方家長、男方家長、女方算命、男方算命，最後是雙方家長聯席會議。然後是喜餅聘金，大餅、小餅，大聘、小聘，除非心算夠好，否則記得帶計算機。

然後是訂婚，網購的十四天猶豫期，結婚前的聯合軍事操演，磨合與爭執的家族試映。近代漸漸演化為肚子裡的一小截闌尾，作用不大，但大家習慣它的存在，一不小心鬧起脾氣還是要人命。個人建議能免則免，但往往身不由己。

重要提醒：

別嫌麻煩：古時候，你還得先射下兩隻雁當伴手，才能上門提親。

農民曆：有些數字與尊卑的禁忌與規矩，農民曆有載，此不贅述。

step 06.

拍婚紗

或許這是你人生最輝煌的時刻。穿著彷彿參加維多利亞時代舞會的戲服，梳上誇張好似明華園登台的髮型，在攝影師的喝令下，擺出違反一切人體工學的姿勢，在山邊餵蚊子、在海邊吃沙子，臉上始終保持僵直的微笑。

這就是拍婚紗，整個結婚生產線流程中，折磨指數名列前茅的一站。更別提，事前貨比三家，必須拿出在五分埔殺價的歐巴桑功力，才能摳到一些小獎品：簽名軸、桌框、娘家本、親友卡、迎賓海報，好像在玩五角抽。請謹記「溫良恭儉讓」就是肥羊的代名詞，你必須寸土必爭，享受與婚紗業務爾虞我詐的焦土攻防，庶幾免於淪為兩張「盤子」。

還有，當你們挑片時，找一個最龜毛的處女座朋友同行，或許，你們會省下半趟蜜月的旅費。

重要提醒：

夫妻要同心：避免與婚紗業務交朋友，因為他們大多只想跟你的信用卡交朋友。挑照片時互相提醒：這些厚如商業+住宅電話簿合訂本的婚紗相簿，你們終其一生的翻閱次數不會超過十次。

自備服裝：你可以拒絕在大熱天穿得像隻滑稽的寒帶企鵝，穿著自己的衣服拍照，既能省錢，也會更自在自然。

step 07.

喜宴規畫

婚宴地點是新人的主戰場，儀式演出的作業平台，從五星級飯店挑高樓層吊掛水晶燈的廳廊、門口像是水族館的海鮮餐廳，到充滿童年記憶與飛沙走石的國小操場，選擇如此多元，你會懷疑選婚宴地點比選丈母娘更困難。

決定餐廳的過程對準新郎新娘是另一道考驗，你們會發現自己掉進「花開富貴專案」、「菁鑽尊榮專案」等名詞解釋中，彷彿你們打算辦信用卡，而親友試吃團的七嘴八舌、水酒鮮花汽球等等埋伏暗處的陷阱、場地桌次的分配、禮金的拆帳原則，會不斷襲擊甚至動搖你結婚的念頭。

列出賓客名單，則是你們檢查、更新自己Facebook友人及Gmail通訊錄的絕佳時機，也是你幾十年來人脈關係的總清算。為了確保出席率不會像半夜三點的電視收視率一樣慘，你最好撥打數十通電話（或許更多），一一探詢親友出席的意願，有些人的反應會像接到銀行貸款專員的促銷電話，讓你恍然知道，原來你跟誰誰誰不熟。

最後，記得組織一個堅強的義工團隊，從擅長辨識臉孔並默記桌次座位圖的招待、具有梁赫群或趙正平娛樂效果的主持人，直到龐大的點鈔機部隊、富責任感不會貪吃龍蝦而錯失退場換裝時機的伴郎伴娘，或許你可以參考歐巴馬的選戰組織及動員經驗。

結婚工作分配規劃圖

總召集人

男方雙親　新郎　新娘　女方雙親

招待組　收禮金團隊

男方同學　男方同事+友人　女方同學　女方同事+友人　男方親戚　女方親戚

攝影組：錄影　拍照

花童組　主持人　伴郎伴娘組

影片製作組　捧花組

final step?

婚禮

只剩下最後一關的大魔王了。所有畏懼、委屈、忐忑不安、含悲忍痛，只要咬著牙，這天過後，一切就豁然開朗，嗯，就像牙醫根管治療。

只要你做好前幾關的準備——喜宴的菜色不失禮、該邀的親友都邀了、防堵不該邀的冤親債主自動出現，婚紗照也都已驗收、售票口收禮桌的人力配置妥當、招待已經摸熟桌次與賓客名單、司儀前一天晚上沒喝醉、伴郎伴娘沒睡過頭、氣象局沒發布陸上颱風警報、捷運沒出現大當機，剩下的，就看你們的了。

當喜帖上印製的入席時間一到，你會像是新上檔綜藝節目的製作人，七上八下擔心收視率／出席率高低，然後，你認識但不熟的面孔、叫出不名字的遠親、忽然

重要提醒：

化身舞台總監：
以總統府特勤中心的規格，妥善規畫你們兩家人前往婚宴會場的交通動線，以及工作人員編組表／聯絡清冊，還有婚禮的詳細流程。我沒開玩笑，最好想像你是張學友演唱會的舞台總監，準備愈齊全、意外發生的機率就愈低。

預備好撤退點：
婚禮結束後，你們會累到只想亡命天涯，不想與任何認識的臉孔發生關係。因此，如果你們不會馬上度蜜月，建議你們躲在飯店、台北看守所或其他別人找不到的地方，好好休息一天。

時間掌控：
確定你邀請的致詞貴賓，不會發表總統就職文告或校長畢業演說，我參加過「長輩訓話訓了三道菜」的婚宴，很有礙腸胃道消化。

忘了名字的國中同學陸續出現，你會像是掉進某種夢境，某種發現自己一絲不掛站在西門町鬧區的夢境，只會點頭傻笑、倒抽冷氣、掙扎想從夢裡醒來。

那兩個半小時，你會發現自己不斷在進進出出、換衣服、站起坐下，偶爾嚼著味道像泡水保麗龍的鮑魚龍蝦，一直捱到自己終於能起身，逃走，送客的那一刻。

恭喜，如果走到這一步，你們算是佳偶天成、共締良緣、鶼鰈情深、瓜瓞綿延、生米煮成熟飯，新郎可以親吻新娘，然後到戶政事務所，把彼此的名字填進身分證配偶欄了。

至於未來，從此過著幸福快樂的日子？那可不。不過，那已是另一段故事了。

fin...?

在一起×樂團大風吹與混搭

一起玩團開心就好，誰在乎什麼搖滾大夢？

應蔚民

採訪——希牛、黃俊隆

撰文——希牛

攝影——陳敏佳

採訪時間——2009/08/17

馬念先

蔡坤奇

在台灣，樂團分分合合、團員同時擔任不同樂團的樂手尬團、除了玩音樂，平常還有其它兼職角色……等等現象，幾乎已見怪不怪。在不同樂團及現實生活身份之間流轉，他們如何盡情扮演好每個不同角色的轉換？

馬念先、蔡坤奇（奇哥）、應蔚民（小應）三個同樣都玩過樂團的人，各有各的圈圈，而這些圈圈互相交集在某個特定的時間與空間，而不管在哪個圈，總是碰得到，誰說道不同不相為謀？道不同碰撞出的火花更燦爛啊！

這三人為什麼要湊在一起訪問？

馬念先是以FUNK曲風和KUSO創作著稱的糯米糰主唱，奇哥曾組了自然捲樂團，糯米糰在魔岩唱片時期，奇哥正好在魔岩擔任製作助理。馬念先跟奇哥也曾一起合作「Project Early三十而立」音樂計畫。而馬念先跟小應，同時也是《海角七號》裡的馬拉桑跟水蛙，電影的賣座讓全國大街小巷都認識這兩位音樂奇才。再說到小應與奇哥的關係，則要追溯到十多年前，當時有一個萬眾矚目的龐克搖滾樂團「三腳貓」，成員包括奇哥、現在默契音樂老闆黃一晉以及知名鼓手Robert，小應在一九九八年短暫加入，所以，他們也曾經一起玩團。

這三個人會碰在一起，大致上說來跟音樂都脫離不了關係，可是三個人對樂團這件事的想法，卻大異其趣。

樂團大於個人？個人大於樂團？

「講樂團談什麼領導（中心人物），其實每個人遇到的問題都不是別人可以幫你解決的，永遠都是個人大於樂團。」馬念先率先發難。

被問到糯米糰解散一事，馬念先直接闡明：「我真的沒有什麼搖滾大夢，做得上手的事情就做了，人家覺得你是站在檯面上的主唱、目光的焦點，台上表演好像也很瘋狂，怎麼會說你對表演沒興趣？可是我真的覺得沒有也沒差耶。」

糯米糰解散對歌迷來說是個永遠的痛，只能在KTV唱唱〈跆拳道〉或是〈巴黎草莓〉解解飢。但是對馬念先來說，音樂並不是全部，或者說，別人所想像站在台前的那種光環並不是那麼特別。

「後來慢慢有機會開始接觸到幕後製作案，我就覺得很高興，因為你要做一個永遠在台前表演的樂團是蠻辛苦的事情。」

馬念先後來除了電視劇、廣告之外，其實還接了不少音樂配樂或是後製工作，「……流行音樂接觸的族群永遠都是年輕的，我們當初也是年輕的，語言跟台下是相通的。後來自己不斷成長，台下的觀眾也一直在換，距離愈來愈遠。那時候整個大環境很好，在台上表演，接校園活動，做久了其實跟在EZ5唱

馬念先：我真的沒有什麼搖滾大夢，做得上手的事情就做了

PUB的歌手沒兩樣，只是歌是我自己寫的。我後來也沒有那麼大的熱情去延續這件事，待在這裡每次唱同樣的歌。」

玩樂團的壓力＝經濟壓力

對玩音樂這件事情，馬念先與奇哥的共同認知就是：「要有極大的利益才能繼續下去。」

奇哥說，一開始玩團，「可能都只是好玩」，想想樂團要到處租練團室、找場地表演，背著樂器東奔西跑，如果沒有持續的動力支撐，可能就會開始變的不好玩，各種壓力紛紛出籠，這些壓力其實通常歸結到最後就等同於「經濟壓力」，總不會有家人因為你玩團然後月入數十萬還阻止你做這件事吧！或許得發專輯，或靠團員們自己打工賺錢，才有足夠的經濟來源可以維持樂團存活下去，音樂人的路真的非常辛苦，如果說樂團團員等於一家人的話，那個貧賤夫妻百世哀的道理也可以應用在樂團身上啦！

樂團裡的排他與妥協

正軌一直都在音樂路上的奇哥，他所組的自然捲樂團在音樂圈獲得極高的評價。奇哥謙虛地說會沒轉行，是因為會的不多。

不過馬念先的說法應該比較符合實際：「其實奇哥的個性是龐克，他的核心價值握的很緊，但是我們都不清楚那是什麼（笑），他是個執著的人。」

奇哥回答：「我不執著，我排他性很強而已。」簡單的幾句話，就把自己的個性交代得很清楚。

不整合的整合

而語出驚人的小應說：「我的團員來來去去總共二十三個人。」這簡直就是創下台灣樂團圈的紀錄了吧。

「夾子一直都在，名字是我取的。我的團員是自然流動的狀態，人家說滾石不生苔，我這個就是不生苔的樂團。」

小應當兵的時候就想做一個「創作演藝」樂團，他想透過表演切入音樂，而不是純做音樂。

「我都是缺人的時候才會想到要加什麼人。像辣辣，就是人家介紹我說她會跳舞，我跑去中正紀念堂兩廳院廣場問她要不要做dancer。」

團員有彈黑死金屬的吉他手、有玩民搖搖滾的，小應並不特別整合他們，而是讓樂手自己憑感覺丟東西出來，所以每次表演，都會有一點點不同。

「很多團員幾乎都是從全然的陌生人開始。我會主動去找他們聊，我還問過捷運工人，請他加入我的樂團。」

正因為是這樣隨意的組合，一開始當然充滿趣味，但時間一久，大家想法開始不同之後，就會走人。不過這也是小應所設想的結果之一。

音樂人的跨界與跨圈

而從舞台劇、電影到現在常常出現在不管是談話性節目還是綜藝

奇哥：我不執著，我排他性很強而已

小應：夾子團員自然流動，是不生苔的樂團

節目，小應仍舊持續做音樂，透過線上音樂發行管道，每一兩個月就會發行一首歌。

「我真正出道其實是舞台劇演員，那時候跟陳珊妮一起演渥克劇團的舞台劇〈不想一個人但未必是你〉，其實我沒有所謂適應的問題，我都順著走。現在有人稱我是海角幫的人，我也沒啥特別反應。以前想說創作音樂跟表演是自己的興趣，可是後來就會遇到音樂圈、藝文圈、演藝圈、電影圈、唱片圈，很多很多圈，可是其實每一圈都不了解，什麼個性可以進入哪一圈，我真的不知道。」

講到這個圈圈，大家猛點頭。馬念先說進哪個圈都無所謂；奇哥說也沒啥特別，只是討厭鬼界，偏偏每個領域都會遇到鬼；小應則是誠實的回答，最喜歡待在模特兒圈。

—

三個音樂人，大家都有各自的圈圈，而這些圈圈也互相交集在某個特定的時間與空間上，其實這也多少忠實地呈現整個台灣文創產業的迷你樣貌。

這種交集所激發出來的能量，才是整個文創產業的生機所在，不管你屬於哪個圈，大家一定會碰得到。

音樂人可以玩電影、劇場人可以玩音樂、廣告人可以搞劇場，誰說道不同不相為謀？就是道不同碰起來才好玩！

二〇〇〇年，糯米糰發行《青春鳥王》專輯，新鮮生猛的音樂，加上經常不按牌理出牌的創意搞笑演出，瞬間成了樂壇眾所矚目的亮點。誰也沒料到，在二〇〇四年野台開唱之後，糯米糰進入解散狀態。這些年，團員們各自有各自的工作，沈其翰轉做室內設計，余光燿除了接設計案也教BASS，洪崎立做配樂編曲，馬念先則參與許多戲劇演出，平常鮮少互相聯絡。

二〇〇七年因為第一屆台客搖滾音樂節難得復出。時隔五年，今年才終於又重新合體進行售票演出。當年的青春鳥王，十二年之後，又是怎樣的模樣？

「你怎麼都沒變？」我們好奇問著。「有嗎？大家都沒變吧！」沈其翰回答得堅定。

二〇一二年五月十一日，糯米糰整整三個多小時的邁力演出，證明了我的鳥王回來一樣很青春。

青春、汗水與夥伴——「景美女中拔河隊」

景美女中拔河隊
二〇〇三年起連續八年奪得全國拔河標賽高中女子組冠軍，曾遠征義大利、南非、韓國、蘇格蘭等國家，替台灣拿下世界冠軍的獎座。

指導教練——郭昇老師

東施涵 拔河四年	高巧宜 拔河六年	高佳儀 拔河七年
邱冠蓉 拔河四年	涂純縈 拔河兩年	陳若萱 拔河一年
俞亞均 拔河三年	陳姿蓉 拔河兩年 （因傷在場邊進行一個人的練習）	

採訪——歐佩佩、黃俊隆
撰文——歐佩佩
攝影——陳敏佳

或許都去了補習、約會、聚餐、逛街、唱KTV……青春放課後的校園，盡是一片靜寂。

月昇日落，留下來的這群人，透過亢奮的吶喊聲，燃燒釋放了他們不凡的青春。在柔魅的月光下，夜班的校園，因而有著如同白日陽光普照時的熱血奔騰與青春活力。

身後是無聲緊閉的課室；身旁是空蕩蕩的觀眾席；面對的是無形的對手，一場沒有觀眾，彷彿不存在的比賽，唯有震遍校園的嘶喊聲，見證這一切。

他們是景美女中拔河隊，每晚當同學都離了校，總是面對著牆壁及一次次往上加重的鉛塊，練習與無形的對手拔河，挑戰運動競技場上（或許也是人生）最虛渺的榮耀——「卓越與極限」。

在這裡，沒有人是孤單的

景美女中拔河隊從二〇〇三年郭昇老師擔任教練開始，就是國內外各大賽事的常勝軍；像得獎機器般，曾連續八年奪得全國拔河標賽高中女子組冠軍，也曾遠征義大利、南非、韓國、蘇格蘭等國家，替台灣拿下世界冠軍的獎座。如此耀眼的成績，背後當然藏著許多不為人知的辛苦過程。

為了訓練方便，全體隊員住校，每天早上六點四十分集合做晨操，直到八點第一堂課鐘響結束；上完整天的課之後，再次回到練習場，從傍晚練習到九點……週一到週五的訓練之外，每逢重要賽事接近，週末也不能休息，兩天假日全部投入練習，「算一算一個月會放到一、兩次假吧。」隊員之一的陳姿蓉用著習以為常的口吻跟我們說。

此外，隊員們為了賽事，必須有計劃地增加、維持體重；曾經她們為了在短時間內增重，甚至必須一天吃上八餐！每天練習完後，就是例行的量體重時間，大家的情緒總是隨著體重計上的數字起起伏伏，若是有誰體重掉得厲害，或是增重遇到瓶頸，不免會感受到來自整個團隊的壓力，有時是鼓勵，有時則是處罰。因為在這裡，一切都以團隊利益為最優先考量，但同時，也沒有任何人是孤單的，無論遇到什麼困難，大家一起扛。低潮時，也總有隊友會拉你一把。但拔河運動裡，並沒有人想成為隊友的負擔。我們向隊員們求證，拔河隊是否真被規定禁談戀愛？因為生活中的喜怒哀樂，都將無所遁形的投映在這短短幾秒鐘的拉扯堅持過程裡，前後的隊友總是輕易察覺彼此身心狀態微妙的變化。

這種對成年男子來說都嫌辛苦的生活，幸好她們以團隊的力量一起承擔下來。「我偶爾也會想要離開拔河隊，但是轉念一想，只要大家都還在一起、一起留下來，這種感覺就會煙消雲散」，陳姿蓉靦腆地說。隊長黃宜瑾也告訴我們，對她來講，參與拔河隊最好玩的地方之一，就是可以和這群隊友們每天住在一起、玩在一起，上課時間之外，吃飯、練習、睡覺都在一起，「整個拔河隊就像個大家庭，彼此間的感

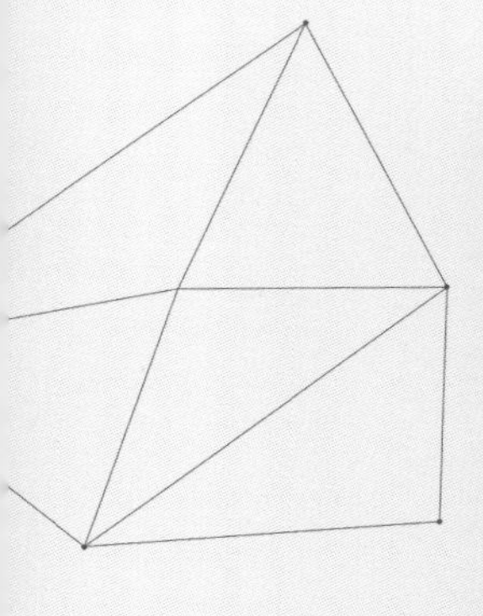

情也像家人一樣。」

「練習都很無聊，只有比賽才好玩。」

訪問過程中，隊員單純天真地這麼回答。最後一次對著「鉛塊對手」練習，來回掙扎折騰了四五分鐘，鉛塊始終上上下下，選手們進了又退、退了又進，眼見將又是一場徒勞無功、回到原點的練習。「拜託不要再放啦」、「再用力一點啊」：哀求助聲此起彼落。正當旁觀的我們擔心會不會不慎受傷時，瞬間「咚」一聲，鉛塊已掉回平面原點，重重地宣告著此次挑戰練習的失敗。

這群薛西弗斯少女們，彷彿正與自己所處的青春時光拔河。沒有打籃球射籃空心時「涮—」一聲的過癮；也沒有打棒球三振對手時感受主宰一切的痛快；當然更

沒有明星，只有團隊的輸贏。但他們仍願意犧牲每晚放學時間，與隊友重複這樣看似極其貧乏無趣的練習。

朝夕相處，又牽涉到嚴肅的比賽輸贏，隊員間有時難免會發生爭執、不快。何況即便拔河運動有著極為陽剛的氣質，但她們終究還是一群正值青春期的女孩，擁有特屬於女孩的細膩情感。她們互相扶持、激勵彼此，哭泣時借出肩膀，鬧脾氣時也彆扭非常。幸好長時間相處，讓人際磨擦與負面情緒消失得很快，「畢竟從早到晚都在一起呀」，陳姿蓉笑着說。更重要的是，拔河是一種身體要在一起、心更要在一起的運動賽事，絕不能讓一時的情緒影響到整個團隊。

景美女中畢業、目前持續跟著景美拔河隊練習的國小老師佑佑，已有超過十年的拔河經驗，她告訴我們：「團隊默契對拔河來說非常重要，隊伍的平衡、高度要一致，後退步、進攻、防守的節奏與步伐都要互相配合；而培養默契，需要的就是長時間的練習與相處。」

心緊緊相連，為一場沒有英雄的勝利

默契夠，在場上才能感覺到隊友的身心狀態，「透過繩子傳遞的觸感，你其實可以感受到前後隊友的力量消長，當你發現隊友的狀況不好，就更要撐下來、互相支援彼此」，佑佑向我們解釋。

此外，跟其他種類的運動相比，拔河特別是一個沒有「明星運動員」的運動，「拔河不可能因為某個人很強，就贏得比賽，一定是整個隊伍都很強，每一個人的表現都很重要」，黃宜瑾說。

相反的，拔河比的是雙方八個上

場的成員有誰先「爆掉」，只要有一個人失守，就會大大影響最後的結果。「但我們從不會特別責怪先爆掉的那個人，因為每個人都有責任，如果真的夠強，就應該連隊友的份一起撐住！」佑佑補充道。

短短幾十秒
一輩子的記憶與驕傲

拔河算是較冷門的運動，練習的過程漫長而枯燥，主要的成就感卻來自場上數十秒間的勝負；因此當輸了一場不該輸的比賽時，女孩們淚灑會場的不甘心也就非常可以理解。

當陳姿蓉向我們描述起前陣子蘇格蘭的一場賽事，大家因為功虧一簣而紛紛掉下眼淚時，不禁讓人想起曾在日本綜藝節目「小學生三十人三十一腳」裡看到的清澈而真摯的眼神、義無反顧的努力；原來那樣的熱血不僅僅是節目效果，更存在於真實世界中。

分開來的時候，她們每個人都是普通、甚至有些不起眼的女孩；但一起站在拔河場上時，她們卻展現出一股無與倫比的強大魄力。這種自信的氣勢，來自她們辛苦的鍛鍊、來自她們耀眼的成績，更來自她們始終信任著彼此、始終在一起。

相處話題

陶晶瑩

湖南蟲

李桐豪

段宜康

張　恬

有些在一起是階段性的，甚至有些在一起是有時效性的。

在旅途衝和陌生人擦肩，在街頭為了信念組起了暫時的盟軍，在回家的路上錯過一對熱烈的雙眼，在部隊裡化身為數字陣列中的一號……而當末日來臨，深愛彼此的戀人，將如何面度過最後一個情人節？

張恬、段宜康、李桐豪、湖南蟲、陶晶瑩，從五種不同社會、生活經驗和角度出發，紀錄五種不同階段、不同時效內，在一起的風景。

異鄉人在一起

青年旅館裡的陌生人

文——張恬　照片提供——黃俊隆

張恬　以世界為家的空姐，每天在空中練習與不同陌生人在一起。因為想到一個遠遠沒人認識的地方，於是申請留職停薪，在西班牙流浪近一年。

就算是一個人去旅行，一路上也會遇到許多萍水相逢的陌生人。一個錯肩而過的瞬間，一個一閃即逝的眼神，許久之後想起，才忽然可以為當時的一切寫下註解。

海裡來的女子和捲著菸的男子

晨，循烤吐司的焦香走到廚房。剛沐浴完的女人以浴巾裹身，滴著水珠的褐髮有洗髮精的氣味。她拉開椅子讓我坐下，再將視線重回手中的小說。溫柔的日光微微，爐上現煮的咖啡噗噗沸騰。

而傍晚，女人從海邊游泳回來，窩在餐桌旁的沙發上繼續早上未完的小說。依然濕淋淋的髮澆上了微鹹的海味。她細小茶色的足踝擱在沙發上，肩膀是新鮮熱燙的日光痕跡。臉上雀斑深深淺淺像隻曬的發亮的小貓。

正確來說，我並不認識這個女人。共同生活將近一個月，我甚

至不知道她的名字。馬約卡島上的夏天尚未來臨，海島仍是一片寂靜。民宿老闆將公寓鑰使交給我之後，便再也沒有出現。只留下我，和一個彷彿從海裡來，總是濕淋淋的女子。

幾個星期之後，隔壁閒置已久的空房住進另一名寡言瘦高男子。白天多半時間他待在自己的房間，桌上總散亂著菸草，濾嘴，和甘草紙。男人蒼白的手指很靈巧地捲著菸，處在這個陽光滿溢的海島有一種古怪的錯置感。

我幾乎沒有正面看過他的臉，只有背影。每天晚上男人赤裸著上身在陽台抽菸，緩慢吐出的煙從身後埋進濃重的夜色。每晚我透過半掩的門看著他這樣的背影，久了也慣性成為一種讓我安心的睡前印象。

男人搬來以後，小公寓的秩序和空間配置起了微妙的變化。我們共同生活著，一同安靜消磨著光陰。在廚房，浴室，和早餐桌，我們以各自的節奏進行著日常軌跡。如此貼近卻又隱約保有界限，我們鮮少交談，儘管我們清楚彼此生活上的種種私密，對彼此的來歷和脈絡卻一無所知。

有時馬約卡島上午後下起雷雨，不去海邊的女人，也習慣在放滿水的浴缸裡待上很久。當我赤腳走著潮濕的地板，經過冒著蒸氣的浴室，總想著人魚般的女人究竟有甚麼樣的鄉愁，以致總耽溺在海水記憶裡。而蒼白的男人何以執著以一種極端違和的內斂，在這強烈外放的海島上，每日進行他個人神祕的捲菸儀式。

偶爾我陷入某種巨大的好奇，也許是長期獨自旅行的寂寞過度放大，又或是對於這一切新鮮的未知感到垂涎。我的內在經歷著重複的鼓動與消弭，但總也學會擁有足夠的世故莫去探問，並莫予以承諾。畢竟我們終將繼續各自的旅程，獨自一個人，無力承載過多的情感重量。

我們相距一支菸的距離

夏天結束前，男人竟悄悄的離開了。一向寡言的他沒有道別，只在他很少出現的早餐桌上留下一盒工工整整的手捲菸和字條。男人曾住過的房間已不見絲毫他的線索。消磁般地徹底清除，他空出的床位此時竟有一種奇異的空白失落。

我想起某個夜晚，男人一如往常在陽台抽菸。他一個人在那裡，寂寞如此飽滿，孤獨感霎時充滿整個空間。夜不成眠的我推開門走出去，唐突地闖入他的獨佔領域。為了得到某種默許，我花些時間慢慢融入這密度些微改變的空氣。我和男人保持著一支菸的距離，我幾乎可以感受到他肩膀的溫度。男人和我沒有交談，各自以沉默摩蹭著長長的夜。這是最完美的距離，而我們都理解，不能破壞彼此的這份完整孤獨。剎那光景裡我們那麼接近，再客氣地錯身。一句話也沒說，卻好像經歷一場親密的對話。旅程中的陌生人，一個眼神即一個故事。總也要很久以後，那緩慢鋪陳的伏筆才會被完整演繹。

女人和我並肩坐在早餐桌旁。她點起一根手捲菸，有些生疏地吸了一口，再遞給我。濡濕的甘草紙滲出溫潤的甜味，燃燒的邊緣火光持續將熱度推移至唇邊，溫暖又寬慰。那混合著甘草和濕髮的香氣，是我獨自在馬約卡島上生活的唯一記憶。獨自生活，也許我是這麼說的。而我總想起和我共同生活沒有名字的男人和女人。陌生至極，卻如此親密。

PRACTICE LIST

路上在一起｜《在路上》（On the Road）／傑克．凱魯亞克（Jack Kerouac）／2011／漫遊者

旅途與對話｜《小王子》（Le Petit Prince）／聖修伯里（Antoine de Saint-Exupery）／2010／木馬文化

與世界相遇｜《一次》（Einmal）／溫德斯（Wim Wenders）／2005／田園城市

只愛陌生人｜《只愛陌生人：峇里島》／陳雪／2003／印刻出版

街頭上在一起

當我們一起走上街頭

肉眼看不見的群眾意識，其實比什麼都有力。遊行、抗爭、靜坐，到現在網路聯署，臉書轉發，不同時代，我們經由不同的管道表達自己的意見，希望眾人一起發聲，讓自己所處的世界更美好。

文——段宜康　照片提供——劉黎兒

上街頭前的校園裡

我上大學的年代，台灣還在戒嚴時期。沒民進黨，也沒有線電視；報社沒幾家，連張數都要受限制；手機、個人電腦、網際網路更是聞所未聞。上街頭表達政治異議，當然想都別想。

除了戒嚴，刑法第一〇〇條也還未廢除，別說公開表達意見，連腦子裡想的，都有入罪的風險！台大學生算是得天獨厚的了，那個時代還能在校園裡發起小小的非法集會、遊行。主題多半為了學生會普選、刊物審稿制度等校園民主訴求。大家在學校裡遊

段宜康　立法委員、前民進黨新潮流系總召集人，民進黨中央常務執行委員。讀台大政治系時參與了許多一九八〇年代的學生運動。

行、演講、拉布條、喊口號，但所謂得天獨厚，其實也就是免於被警總抓去毒打，但校方也曾叫大安分局的刑警到傅鐘前，把靜坐學生亂打一頓，以儆效尤。

那些一起挨警棍的日子

等到解除戒嚴了，政治雖然還沒完全開放，但風起雲湧的民主浪潮，卻不是當權者能阻擋的了。我參加的第一場大型群眾運動，是一九八七年的六一二事件，在立法院前，為了反對制定國家安全法，從六月十二日上午打到半夜。警方驅散之後，遍地狼藉；雖然跑得快，我也還是挨了一警棍；但比起被鎮暴警察圍著打的同學，算是運氣好的了。

第二年，著名的「五二〇農民運動」當天晚上，我們在新生南路開完羅文嘉競選台大學生會長的競選會議，一群人相邀趕到舊的中正一分局前加入群眾；剛到現場，就遇到警方驅散，被西德進口的鎮暴車，用強力水柱噴得渾身又濕又痛！當晚包括後來當了立委的王雪峰、陳啟昱等台大學生，竟被拖到分局地下室拘留、毒打。

單純的熱情，與單純的愛情

一九九〇年三月學運後，一直到一九九二年「四一九總統直選運動」，是街頭運動的高潮。反軍人干政、反老賊修憲、反核四、獨台會案、反刑法第一〇〇條、推動公民投票……一波又一波，一場又一場的遊行示威，讓台灣社會既緊張又充滿新生的希望。「四一九運動」是這波高潮中的高潮。林義雄指揮數萬群眾，遊行到台北車站前的忠孝西路，就地坐下後，一坐就是六天五夜。

我們在不同年代關心不同議題，現在透過網路傳播、文字寫作、藝術創作等不同形式途徑，可以更快速聚集相同信念的人，但驅使我們走上街頭在一起，那希望世界更好的心則亙古不變。

還記得那幾天睡在街頭，每個夜裡都緊張地準備面對警方的驅散行動。我那時在追求一個女孩子，每天她從廣告公司下班，帶者點心、飲料來參加靜坐隊伍，慰勞我們時，對我來說，即便在一片肅殺中，也像在天堂。這個女孩，現在是我一雙兒女的媽。

民主不需要再走得那樣辛苦了。但我永遠懷念彼時的熱情，當年我在街頭看到，身邊的人或老或少、或男或女、或貧或富；都是一樣，充滿單純的熱情。這熱情驅動了台灣的民主腳步，這熱情是人生與歷史最寶貴的資產。

PRACTICE LIST

街頭在一起｜《社會運動的年代》／王金壽等／2011／群學出版
改變在一起｜《素人之亂》／松本哉／2012／推守文化
愛與和平在一起｜《胡士托風波》／以利特．泰柏（Elliot Tiber）／2009／遠流出版
追求夢想在一起｜《ONE PIECE航海王》／尾田榮一郎／東立出版社

本篇照片由劉黎兒攝影提供，攝於2012/7/16 東京代々木公園「さよなら原発１０万人集会」

來不及在一起

小狗不要跟著我

校園裡，馬路邊，旅途中。每個人記憶裡，都有一兩隻無緣的小狗，那被動物無邪的熱烈眼神注視的經驗，總會喚起我們內心深處的小小溫柔。

文——李桐豪　圖——鹿夏男

李桐豪　在部落客這個名詞出現前到現在都是「對我說髒話」新聞台台長，著有《絲路分手旅行》和《綁架張愛玲》。

流落一個新房間，四堵水泥灰牆和一張雙人床，除了空洞別無其他。

從新疆回來後雙肩登山背包就擱淺在地板一直沒打開，因為背包只是臨時停放，所以新房間就有一種候車室的空蕩和過度氣氛。

騎著單車去買垃圾桶和穩潔。周遭沒有捷運和公車站牌，因此我跟我的單車阿勉之間的密切關係更像是相依為命。我跟阿勉去上班，去自強游泳池游泳，去家具行遊蕩，計算著路程，也計算著

桌子和床單的尺寸。口袋只有兩千元，在一件水藍色襯衫和一條米色床單之間掙扎，選擇了後者，反正在房間我除了壁紙和被套什麼都不穿的。

週末晚上洗澡後穿白色背心海灘褲、夾腳涼鞋跟Joy去一個夜店。因為是阿勉駝著，就算喝得醉醺醺騎回來也不怕臨檢。福和橋、公館、新生南路一路騎到忠孝東路，在216巷內穿梭迎面一群好看的男孩，一樣是七分褲白背心短髮，八家將一樣地晃晃蕩蕩，擦肩而過，回頭看這群男孩們，我發現這其中為首的我根本認識。

我跟Joy說撞衫撞鞋還撞風格。撞衫從來不可恥，撞衫然後比輸人比較丟臉，雖然像是同一家罐頭工廠出產的產品，不過人家是甜美的水蜜桃罐頭，我已經是蔭瓜罐頭啦。整個晚上相當的無趣，周遭認識的人去渡假去談戀愛，一對又一對的楊過和小龍

女在性慾和友誼之間，選擇了前者，神雕俠侶絕跡江湖。

我和Joy兩個老人，笑話沒有更新，無言以對相看無聊，酒過三巡便騎單車回家。想到座充放在公司未拿，阿勉閃過溫州街，我把單車往地上一擺，迅速地按下密碼玻璃門彈開突然腳底像是絆到什麼東西，低頭看見一隻小白狗。小白狗摩蹭著我的腳踝，我低下身體拍拍小狗的頭，把狗挪開，他又搖著尾巴跟了上來。我鑽進了電梯，把小白狗擋在電梯門外，然而我拿好東西搭電梯下樓，電梯門一開小白狗又迎了上來。我蹲下來說呀你還在啊。

我把手遞出去小白狗很乖覺地就舔起我的手掌，然而我還是無情地把手抽回來，牽起了阿勉回家，小白狗就跟著我單車的速度，亦步亦趨。當我試圖加快速度把距離拉開，狗狗就用奔跑補上了那個距離，小小的步伐鑼鼓點一樣地打在地上相當有精神。

那樣的忠實和那樣的可愛是一種乞討和生存的手段吧，然而因為我被取悅了，深夜當中有一個生命不離不棄地跟隨著是一件很溫暖的事情，所以請小白狗吃東西又有何不可呢？

我在便利商店停下來買了一個包子，在門口蹲下把包子掰開來，香氣果然把小白狗吸引過來，小白狗用鼻子吸吸包子的味道便吃了起來。我趁小白狗專心吃著包子的時候偷偷離開，人被小狗取悅了，小狗也從人的手上要到了牠的獎勵。人和狗各自得到滿足，也是一種皆大歡喜。然而小白狗看見我離開就拋下吃到一半包子奔跑了過來。

呀，小狗你的包子呀，你放棄了食物選擇了我呀！想到這裡，心底有一種震動的感受，我在台大誠品門口坐下，把狗抱在懷中。小狗沒有掙脫，安安靜靜在我的懷抱中躺著，我的手臂確實感受到一種急速的心跳，小狗呀，我們就這樣靜靜地坐上一會兒吧，我心底這樣盤算著⋯

小動物和人的情感機制當中必然有一種神祕的連結吧。小狗小小的舌頭舔著手臂，彷彿有一個看不見的情感按鈕就被那個濕濡的舌頭輕巧地啟動了，一股和煦的能量通過經脈在周身漫遊著，相當舒服。

村上春樹寫過一個文章說如果人抱著小狗照相，臉就會變得很祥和，我想就是因為和煦能量的關係吧。但是如果是呂秀蓮或宋楚瑜抱著狗的話，他們的鼻子可能就會被小狗咬掉。我抱著柔軟的狗想著無聊的事情，也想著心底的事情，在這樣和緩的心情之下考量著苦惱的事事，許多腦筋打結的事情也可以輕鬆地解開吧。正好這幾天公司在沸騰著要養一隻社狗的事。

阿姐收到一個mail說南寮有一個流浪狗收留所要安樂死小狗。

阿姐把我們叫到辦公室說要怎麼辦，我們湊在阿姐的電腦前七嘴八舌。（公司每天都在操心這樣有的沒有的事，難怪沒有績效）我們養社狗好了，請哥哥開車去載好了，我說。

可是老大不知道會不會同意呢，要不要打電話到上海去問一下，阿姐說。

……哎呀，我是一哥，我說了算數啦！我說。

可是你們要養在哪裡呀，這是一種責任呢，白天上班一隻狗不可能跑來跑去吧，你說丟陽台，天氣那麼熱，你要把狗熱死呀，你必須要考量進去呀，秀滿說。

……林秀滿，你什麼時候變得這麼bitching呀。

小狗呀，你知道就是因為我總想到這些事情，所以至今仍然沒有馴養任何一隻小狗嗎？念大學的時候就想養一隻狗，因為覺得帶一隻狗去上課是一件很酷的事情，但是怕當兵要跟我的小狗分離所以就打消了念頭。

到當兵的時候我又想，這樣退伍應該可以收養一隻小狗了吧，我在站哨的時候想著各種各樣關於小狗的命名，就像慾望城市當中的夏綠蒂從少女時期就會替以後婚姻生活生的小孩取名那樣，我對所謂退伍的生活想像就是像公務人員一樣安穩地生活和養一隻狗。養狗意味著一種穩定，意味著寬大的居住空間，也意味規律的時間。

我在心底始終有一隻看不見的小狗逆風奔跑，牠將擁著一個全天下最炫的名字。

小狗呀，但是我還沒有打算給你取名，因為你還並不屬於我，只有在確信了一段擁有的關係，才會擁有姓名。當兵之後，我沒有馴養過任何小狗，我總是過著變動徒勞的生活。小狗你知道我很可能會離開現在工作的地方去另外的地方工作啊，這裡的工作比較快樂，每天可以穿拖鞋短褲上班，但是那裡有好吃的海南雞飯和擁有碼頭海景獨自一人的工作室。我還不知道我要去哪裡，這種不確定的環境之下我是無法把你帶回家的。

如果小狗可以像「靈犬雪麗」裡面的樂樂放在口袋隨身攜帶就好了，只是卡通和真實生活畢竟是不一樣的。一聲嘆息，我把小狗放在地上，心底說小狗謝謝你的陪伴，你快快回家，你這樣可愛一定可以找到許多喜歡你的人。

我牽著阿勉無情地離開，可是小狗還在後面跟著我。我用力跺腳發出聲響企圖把小狗趕走，小白狗被聲響彈開了好幾步，然後又敏捷地靠近。我跨上單車迅速地轉到十字路口，把小白狗拋在紅磚道上，小白狗在馬路徘徊，膽怯地踏出了步伐然後又迅速地收回去，牠跨不出牠的步伐，開始汪汪地叫了起來。在紅燈下，我知道我有六十秒可以折回去把小狗帶走，或在下一個綠燈變亮的時刻，離開並且完成一次遺棄。

綠燈亮起來了，我只是頭也不回地騎走了，很快很快地踩著踏板以為這樣就可以像ET腳踏車一樣掙脱地心引力，飛離那個令人難堪的現場。

小狗在十字路口徘徊的畫面在腦海中無法消散，我一邊騎一邊罵髒話，幹，小狗都是你不好幹嘛跑來勾引我，我試圖去激發自己的嫌惡感去驅散那個畫面，但是愈這樣做，那個畫面就愈深刻無法忘懷。

我騎到福和橋確認了這個畫面會銘刻在腦海中用一種內疚的形式來干擾我後，停下了腳踏車掉頭回去。管他的！我不要什麼海南雞飯和海景的單獨房間了，我要騎回去把小狗帶回家。

像生命中的許多轉彎，我總是舉足不前，然後卻是倉卒決定。但許多事情沒有衝動就無法開始，好比說一個告白，一段養馴。我飛快地騎回去，心底想著小狗你可要在十字路口等著我，我將會給你一個名字叫做July Fourth，因為現在是七月四日的凌晨，給你一個名字，我會宣布你從流浪的狀態獨立出來。

但當我回到十字路口，小狗已經不見了。許多情感是一旦發動，就無法終止，除非到死。

我鑽到溫州街，一個念頭就是我必須把小狗找出來，LANE86已經關燈了，挪威的森林鐵捲門拉一半，玻璃窗子看過去許多褲管和漂亮的鞋子走動著，我的July Fourth，就算你躲進一個垃圾桶，藏到一棵樹上我也要把你找到。許多情緒是一旦發動，除非到死，就無法終止。然而July Forth就是不見了，沒有在誠品門口，沒有在地下道，也沒有在台一冰店。我在鳳城燒臘門口停下阿勉，流許多汗，很喘很喘，彷彿就要斷氣。

小狗呀，你現在在哪呢？如果你遇到一隻跳蚤跟你說：「你長得好像我以前認識的一隻狗……」你可千萬不要相信牠呀……

PRACTICE LIST

跟牠們在一起｜《撥撥橘日日美好》／李瑾倫／2011／大塊文化

不要忘記牠們｜《被遺忘的動物們》／太田康介／2012／行人出版

再一次的機會｜《流浪狗之歌》／嘉貝麗·文生／2003／和英出版

向牠們學習愛｜《我愛陳明珠》／EMILY／2012／本事文化

當兵在一起

我們沒有在一起

除了當兵，人鮮少會經歷這樣無端打破學歷、背景、長相、性向等等區別，龍蛇雜處在一起的階段，在軍中，所有人臣服於重新洗牌過後的階級制度，然後，再次建立起另一種微型社會裡的相處關係。

文——湖南蟲　照片提供——陳敏佳

湖南蟲　台北人，作品散見於報紙副刊，預計於2012年底集結出版。

「在一起、在一起、在一起！」──答數都沒這樣大聲整齊，部隊的弟兄們正在鬧同樣負責管理軍械室的Gucci和小美。還是剛下部隊菜鳥的我，和幾個同梯面面相覷，猶豫著該不該加入喧嘩。一邊是下士和上士班長，一邊是破冬破百以及待退的老資格一兵，誰都不好得罪。最好的自保手段當然是保持沉默，誰也不看，就盯著中山室未開啟的老映像管電視機如黑鏡，玻璃弧面廣角鏡般收服了整個連隊從四面八方而來三教九流的役男，每個人都面目模糊，每個人都在等待離開。

「少囉嗦，看電視啦！」──小美笑著，手指往遙控器一按，畫面一閃，所有人都在一瞬間沒入光亮之中。新聞主播的口吻曖昧，愈是腥膻色，愈是故作冷靜。

千篇一律的週末留守，上午才跳完戰備，狀況是營外有暴徒闖入，不知從哪冒出來的人拔足狂奔把大家嚇得全愣了，幾秒後才有人追過去。有夠可笑，全副武裝鋼盔水壺還持一把步槍的人，是怎樣跑得過便裝啦。不過生存遊戲就是這點吸引人，愈是無聊的人愈愛玩on-line game，即時戰略激發男人間的好勝鬥志，伍長下令繞道抄截，當天擔任消防兵的我還多提著一桶完全不知幹嘛用、重得不小心落地能砸爛腳趾的滅火器跑過去。

當然沒有追到。好不容易才擦亮的皮鞋還被天殺的志願役白痴踩到。烈陽下排排站接受訓話，汗滴得比血還悲壯。扮演暴徒的學長在遠處的樹蔭下喝著連長付錢的純喫茶。

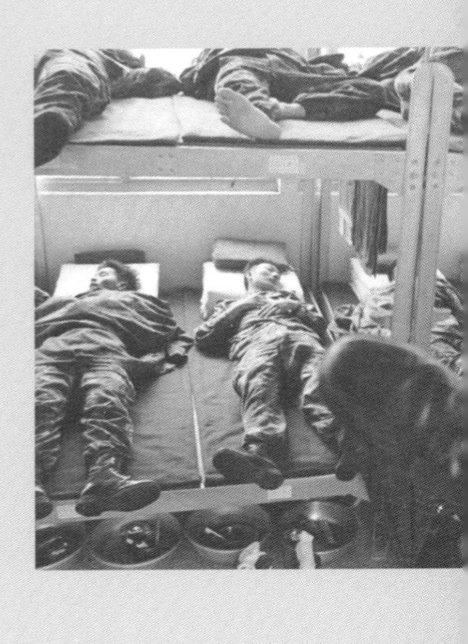

午休時間，睡不著，眼神死，望著上舖床板，滿滿的退伍感言塗鴉如箭穿心。寢室另一邊傳來怨念：「你很沒義氣吔，隨便跑一下是會死嗎？」

「被你們抓到連長要禁我假，你們被罵一下是會死嗎？」暴徒他媽的還邊說邊笑。

「不用解釋了啦！沒義氣就是沒義氣。下次輪到我，絕對讓你們追到脫水，欲哭嘸目屎。」

午休過，下午就是擦槍時間。軍械室門開，警鈴聲大響，又靜下來。Gucci有氣無力喊著：「六八梯的過來領槍。」我們就站起來列隊過去，見他一邊從槍架上將65K2步槍一把一把取出，一邊對著只會坐在旁邊看的小美喃喃：「過來幫忙一下可以嗎？上士。會不會太大牌啊？」

「你可以的啦。」小美擺爛回答，儼然是一段關係中，決心吃定對方的痞子嘛。

「不要再打情罵俏了啦班長。」老兵踢一句過來，落網得分，中山室響起三兩笑聲。Gucci沒再理人。「對啊不要再打情罵俏了啦，班長。」小美還補一句。

「不要這樣教壞新兵。」Gucci懶懶地說，對於這樣的消遣已然呈放棄貌。一群男人混久了總難免有誰自以為幽默拿出來流彈亂射的同志笑話，經常一起關在軍械室裡清點和保養器材的他們自然優先中槍。

小美是最沒在怕的，端午懇親時女友都親自來探了，就大方接受點名，真正是把肉麻當有趣。倒是Gucci偶爾會在抵抗流言的動作中莫名出現好氣又好笑的神情，毫無疑問一律被解讀為害羞。愛情永遠是最好的娛樂，大家等的就是這乍然一現的時機。開始起鬨了。「在一起、在一起！」喊得好起勁好吵。都沒見到老子擦槍擦得很煩嗎！

無法融入，只好神遊。服役期間我經常想起電影《巴爾札克與小裁縫》中，文革時期下鄉接受改造的那兩名知青，貧下中農想像裡危險的階級敵人第二代。當然是很荒謬的聯想，不過那受盡箝制的本質，又是很相似的吧？

「自由的興趣你是不能體會的，

那的確值得用危險、痛苦，甚至生命去交換……那真是一種無法形容的樂趣，彷彿你的靈魂，在無垠的太空游泳。這樣以後，靈魂就不能在別處生活了。」他媽的輪到我一邊想一邊苦笑出來。自由。在這人人都愛把「自由戀愛」掛嘴邊如口號的時代，也難怪我們非得在這樣不自由的地方，製造出一些自由的象徵？

但其實誰也沒和誰在一起，誰又都和誰在一起。學歷、背景、長相、性向……到了這裡全要服膺於洗牌過後的階級制度。雖然不是敵人，但也是生命中第一次被丟進如此龍蛇雜處的環境，練習著和入伍前退伍後都不曾也不會混作堆的弟兄們共同生活。如果不是被迫，壓根不會來自討苦吃的難得經驗，現在說來，也算是很好玩，很值得的體會。

我是認真的。

當然是拿到退伍令後才說得出口的結論沒錯。

彼時把分解卸下的槍管高舉對日光燈管瞇眼看，檢查是否仍有髒污的我，心中最常大吼大叫的內容，無非是：「讓我走！放我自由！讓我的靈魂和身體都在別處生活吧！我才不要繼續和你們在一起！」

真像是面對著一場受夠了的戀情，最後的願望啊。

PRACTICE LIST

一起在軍中長大｜《綠色遊牧民族》／孫梓評／2001／麥田出版

一樣米養百樣兵｜《臺灣軍旅文選》／唐捐編／2006／二魚文化

一定要一起觀賞｜龍祥電影台／經典軍教片重播

退伍前找好出路｜《工作大未來》（13歳のハローワーク）／村上龍／2006／時報出版

在一起直到世界末日

末日情人節

戀人的山盟海誓，訴說著愛你直到世界末日。假如末日即將來臨，你跟愛人要怎麼在一起度過最後一個情人節？

文——陶晶瑩　插畫——林怡芬

我希望那天會是個風和日麗的晴朗天。

一大早，全家先去街上的燒餅店、點心店辦貨，然後再去菜市場切顆大西瓜，立刻前往福隆沙灘。

路上，我們仍然要聽著全家都會唱的Kimberley專輯，從第一首〈愛你〉開始：「我閉上眼睛，貼著妳心跳呼吸，而此刻地球，只剩我們而已。」

陶晶瑩　兼有節目主持人、歌手、作家、經紀人、網站總編等多重身分的全方位創意人。2005年與丈夫李李仁結婚，育有一女一子。

然後是副歌很重要的那句：「把我們衣服鈕扣互扣那就不用分離。」

但因為我的愛人在開車，不方便騎上他去扣鈕扣，所以還是按照初初戀愛時便養成的習慣，他用左手開車，右手握住我的左手，要是手心流汗，再鬆開來對著冷氣口吹乾，然後再繼續握著。

第二首〈星際旅行〉，三歲多的小龍會把「我們說好不分開」唱成「我爸說好不分開」，這是我和他爸相視而笑的甜蜜點。

唱到〈沒有辦法沒有你〉，歌詞說：「沒有辦法沒有你，沒有什麼只有你，我腦袋裡都是你，愛情教我不放棄，全世界也愛上了你。」

隨著全車的快樂歌聲，我們配著窗外東北角的海、山，和山上的野百合；風輕輕地吹著，我們告訴孩子，這條路是爸媽初遇時走過千百回的路，一切都沒變，景物依舊，愛戀更深。

從初次見到你爸壯碩又孤單的背影，兩人從陌生到對對方感到好奇，進而覺得自己找到跟自己很像的另一半；那段碧海藍天相伴的日子，我們終於了解幸福真的可以很簡單：一條浪褲、一雙夾腳拖、一對黃金獵犬、兩個福隆便當。

直到母黃金肥肥趁我們不注意跳出車窗，你爸和媽邊狂喊邊流淚找遍福隆大街小巷，待一名砂石車司機與我們聯絡，領回肥肥後，你爸下定決心要娶我。因為他說：「一家人不要再分開了。」

到了福隆，要像當年一樣，我在沙灘上插把傘，看著我愛的男人划向大海，去享受衝浪。

波光粼粼，如此金黃閃亮的幸福，此生足矣。

PRACTICE LIST

一起讀一篇故事｜《小二月的故事》／陶晶瑩著，林小杯繪／2004／時報出版

一起看一部電影｜《愛在日落巴黎時》（Before Sunset）／2004／華納獨立影片

一起再看一本書｜《最後一本書》／文學合集／2012／逗點文創結社

一起再聽一首歌｜《第二人生》／五月天／2012／相信音樂

讓我們在一起

連連看，認識新朋友

漫畫——草莓救星 蠟筆

連連看
×
練習在一起

已兌換

○

限量小禮送給你！

憑《練習雜誌》vol.02「在一起」參加風和日麗連連看演唱會（限定場次），可兌換限量50份的「10則生活提案小提醒貼紙」乙張，送完為止。

活動限定場次

2012年9月1日（六）20：00

草莓救星×陳珊妮

2012年9月2日（日）16：00

929樂團×絲襪小姐×煙圈×十九兩×吳志寧×黃玠

2012 風和日麗 agoodday 連連看

P's Questions

讀者的練習！

LIFESTYLE MAGAZINE
VOL.02 在一起。

Q 喜歡這期《練習》的內容嗎？

		超愛	喜歡	普通	沒意思
	在一起的封面	○	○	○	○
P's Instant light	在一起的瞬息風景	○	○	○	○
P's Focus	林宥嘉 夢想的路上，我們在一起	○	○	○	○
P's Feature	當我們同在一起 ×5	○	○	○	○
	住在一起 ×4	○	○	○	○
	創造在一起 ×6	○	○	○	○
	在一起的 step by step 第一次結婚就上手	○	○	○	○
P's Special	樂團在一起 馬念先× 蔡坤奇× 應蔚民	○	○	○	○
	我的鳥王回來一樣很青春 糯米糰 Come back!	○	○	○	○
P's People	景美女中拔河隊 青春、汗水與夥伴	○	○	○	○
P's Big Ideas	相處話題×張恬／段宜康／李桐豪／湖南蟲／陶晶瑩	○	○	○	○
P's Room	All You Need is				
	music 瑪莎：Sometimes You Can't Make It On Your Own	○	○	○	○
	graphic 王春子：美味的代價	○	○	○	○
	Sunday afternoon Fion：在一起的星期日下午	○	○	○	○
	fiction 李佳穎：我要告訴你一件事	○	○	○	○
Practice Lessons	L01 團聚	○	○	○	○
	L02 理財	○	○	○	○
	L03 環保	○	○	○	○
	L04 星座	○	○	○	○
	L05 相遇	○	○	○	○

看完本期雜誌，快來分享你的「在一起練習題」：

Q 看到「在一起」三個字時你第一個會想到誰？

Q 每一段「在一起」，都值得好好的練習，你曾經為了跟誰在一起做什麼樣的練習？

Q 看完本期雜誌後，有發現自己曾忽略身邊「在一起」的人嗎？

Q 可以分享你生命中最美好的「在一起」的經驗嗎？

也可以上網作答喔 —— www.facebook.com/practice.zine

可沿虛線裁剪

粘貼處　粘貼處　粘貼處

有什麼建議要給《練習》雜誌嗎？

在一起委員會
10671台北市臥龍街43巷11號3樓
練習雜誌 收

-折線請對折-

姓名　　年齡　　歲　男・女

地址

電話

職業

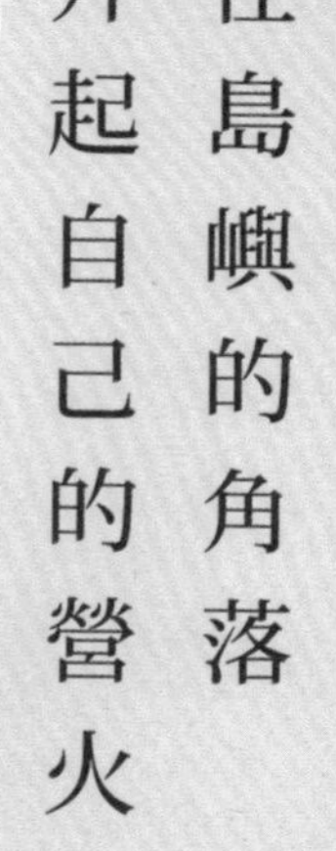

在這座島嶼上，在不同角落，每個人都有他不一樣的故事，都打算實現不一樣的人生。

歷經九年的風吹日曬，還在練習長大的「蘑菇」，終於要與我們分享一段故事，關於一群「路上的朋友」——

他們用各自的方式與腳步，開設自己的店舖，經營自己的生活，說自己的故事。

二〇一二年十月，
蘑菇的第一本書。
讓我們在一起練習——

在島嶼的角落
升起營火

大雨也無法破壞你們的甜蜜
跟心儀的對象一起出遊，最怕碰到掃興的大雨，讓加溫的戀情急速降溫。還好，天有不測風雨，人有「甜蜜雙人雨衣」！下雨時兩人共穿一件，方便好穿、造型時尚，就算無情的雨，也不能拆散你們！
www.facebook.com/Practice.Institute
生活練習所
Life Practice Institute
陪你一起面對人生的各種練習

ALL YOU NEED IS _

在一起的練習。

一首歌喚醒在一起的過往
一篇小説溢出在一起的呢喃
觀賞在一起這道複雜料理
然後　享受一個
在一起的星期日下午

瑪莎 / 王春子 / FION / 李佳穎

（名字順序依照內頁篇幅排列）

all you need is music

Sometimes You Can't Make It On Your Own

五月天 瑪莎

We fight all the time
You and I... that's alright
We're the same soul
I don't need.. I don't need to hear you say
That if we weren't so alike
You'd like me a whole lot more

我在Paris的那晚，聽著他們唱著這首歌。

我依然還記得Bono在The Edge簡單反覆的吉他旋律中緩緩地說著那些關於父親的故事。他的父親，那個愛唱歌劇，那個總是板著倔強的臉孔，那個無論何時都那麼堅強的父親。

他緩緩說著他和父親十年前某次來到巴黎的回憶。十年前的Bono已經是兩個女孩的父親，U2也已是做出了《Joshua Tree》和《Actung Baby》等經典專輯的樂團。

Bono在台上說著他和父親開心地在巴黎的酒吧聊天喝酒。最後Bono醉了，父親勾著肩扶他走回飯店，回到房間後將他輕輕放回Bono自己的床上，然後蓋好棉被，關上燈，輕輕地離開。在門慢慢帶上的同時，嘴裡還哼唱著自己最愛的歌劇段落。

Bono其實沒那麼醉，他說。

他看著父親逆著光的背影，聽著他哼著那些他從小就常聽父親哼的歌劇。那個晚上，他覺得好像又回到小時候的自己，這樣看著漸漸衰老的父親……

那個父親，好像也是我的父親，好像也是我們所有人的父親。

他可能不一定唱歌劇，但他一定偶爾哼哼唱唱一些你熟悉或不熟悉的旋律。他可能不一定有個像Bono這麼棒的兒子，但他一定會有個無論如何都是自己驕傲的孩子。

歌頌父親的歌曲太多，但跟父親對話的歌曲卻太少。而身為一個男孩，跟父親總是有太多難以啟齒的糾葛，所以在聽這首歌的時候，我總是不由自主地充滿許多的感動。

那些句子簡單但是真切地訴說了那麼多對於父親又愛又恨的情感。在男孩成為男人之後，甚至在男人自己也成了父親之後，還有什麼感情可以比這樣的父子關係更令人感動？

Bono在歌曲裡說得真好：

你總是說你過了太多的苦日子，
反覆甚至令人厭煩地
說著那些苦過來的日子。
你總是責備代替關心，
這個世界總是只有你說的才是對的。
我們總是有爭執，但這無所謂，
這是因為我們有著相同的靈魂。
我不用聽你多說，
如果我們不是這麼相像的話，
你一定會更喜歡我。
但是，請聽我說，親愛的父親，
其實你不用什麼事都要孤單地去面對的。
當我看著鏡子的時候，
我看到的其實是你。
當我不想接那電話的時候，
因為我知道那是你。
我知道我們冷戰，我厭煩了這一切。
你聽得到我唱這首歌嗎？
你是我唱歌的理由，
你是那些歌劇深植我心的理由。
我也要讓你知道，
一間房子不代表就是一個家，
別留我孤單一個人。

去年某個月因為忙碌，我漏接了好多電話。會在我電話裡留言的人少之又少，因為簡訊替代了很多的功能，而極其難得的一個留言，是我在上海久居而極少見面的父親。

「少爺！
（當我大學後我爸都調侃性地叫我少爺）
你在忙嗎？爸爸想你。
什麼時候會再到上海來？
有空打個電話給爸爸好嗎？」

那時候因為忙碌而沒有馬上回電，可是這事情在那個時候也給了我許多感觸。

父親從小對我始終放任但是態度嚴格，我也從來沒有做過順從他心意的事情；他希望我外向熱愛運動充滿鬥性，但偏偏我從小就彈鋼琴畫畫寫文章而這些也都是我擅長。

他希望我數學理工科目成績優異，然後念理

工類組就像多數的男生一樣，但偏偏我就愛文學電影音樂那些悶著頭一個人就可以窩著很久的科目。甚至在我高中的時候，還因為選組的事情冷戰了一年多，我們一句話都沒說過。

在我心裡他不可能會說想我，在我心裡他也不可能會因為想我而打電話給我。

在我心裡他更不可能會因為想我而打電話給我甚至最後還要在冰冷的數位聲響後留下那些他想對我說的話……

然後我才真的慢慢體會到，這些年來父親對兒子的感情。

而許多年的努力有時候只是不想讓父親瞧不起，也會因為這樣他會後悔過去那段因為我不聽從他的意願而冷戰的光陰。

也希望他會為我而感覺驕傲，即使我沒有照著他想要我走的那條路。即使我不是個運動健將，即使我不是個隨時衝動想跟人幹架的傢伙；即使我不是個酒量好的傢伙，即使我不是個在竹科上班的科技新貴。

我從電話裡那個冰冷的留言知道他想我，也知道他其實真的為我驕傲。也知道他其實就是個父親，一如所有的父親那樣，倔強而好面子的父親。

我想起了朱自清寫過關於父親一篇散文，〈背影〉——

「他走了幾步，回過頭看見我，說，『進去吧，裡邊沒人。』等他的背影混入來來往往的人裡，再找不著了，我便進來坐下，我的眼淚又來了。」

感謝U2和Bono，給了我們另一種搖滾樂裡的溫暖和真情。

他們生在不同的年代完成了不同領域的傑作用著不一樣的態度，但是，他們對父親都有著相同的情感。

paris

Sometimes You Can't Make it on Your Own by U2

瑪莎 - 超低調的貝斯手（他的FACEBOOK這麼介紹自己）
高中開始玩樂團，後來幾個同學組成「五月天」。
自音樂、搖滾軸線拉出與我們分享的生活感言。

美味的代價

王春子

all you need is graphic

小孩出生的那瞬間，我和拿著攝影機的先生互看了一眼，
雖然已經做好心理準備，但看到從自己身體裡取出的
新生命，仍然有種奇怪，不真實的感覺。

即使到了現在，我還是會懷念可以隨時隨地放下一切，
一個人去旅行的從前，或者去看場午夜電影，和朋友
聊天到深夜，然後呼呼大睡到午後。

不過，我還是很愛我兒子，很多時候我會緊緊的抱住他，
聽他咯咯清脆的笑聲，軟軟的喚我聲媽媽。
和小孩子在一起的幸福，就像想吃一道好料理，得花時間
用心的烹調整理，過程瑣碎累人，但那廚師才知道的
辛苦複雜滋味。總之就是很累人，又很好吃。

我是有了孩子才開始學做媽媽，
和他在一起的這一年多以來，
我們都逐漸有了些許不同。
"陪小孩"這道料理真的不簡單

1

尖叫聲、哭鬧聲，能像置身叢林中
聽蟲鳴鳥叫般自在，等小小孩發洩
完後再陪他一起克服情緒的問題
不過也有快受不了的時候。

2

雙眼化身做監視器，看似放空，其實
繃緊神經 隨時盯著蠢蠢欲動
的小 baby，想休息時
還得和爸爸換班

3

家常便飯
處理大便、小便
真的不算什麼

4

骨骼強壯、重量訓練
隨著小孩長大，3公斤、5公斤、10公斤……
加上每天走上十幾分鐘的路程

自由誠可貴 這大概是美味的代價。
但被小 baby 深愛的感覺 很幸福。
在你生命最初、最單純的前幾年，
很高興能和你一起渡過。
辛苦複雜的甜蜜滋味。

王春子 自由插畫家，現居八里，育有一狗一貓和一個小孩，正努力在混亂的育兒生活中維持創作。設計和插畫作品散見於書籍、雜誌。曾自費獨立出版《一個人旅行》（已絕版）。

在一起的星期天下午

ALL YOU NEED IS SUNDAY AFTERNOON

迷迭香在陽光下是盈眼的碧綠，種在地上的土壤裡，可以抽長到一公尺這麼高，隨手拂過針狀的枝，手心裡滿是讓人抖擻的香氣。奧勒岡就比較辛辣一些，做披薩時得來上幾葉；百里香帶點金黃，氣味和它的葉子一樣，是種淺淡的存在。

為了加重香草佛卡夏麵包裡的香氣，拔了一些新鮮香草切碎，跟乾燥香草和在一起，拌入濕黏的麵團裡。

「我也要做！」滾動著大眼睛的五歲女兒嚷著。

媽媽有些擔心想一個人好好完成的美夢會就此幻滅，畢竟那是她等待一整夜才發酵完成的麵糰。

「那妳去拿小椅子。」一隻腳正被另一

個小不點侵佔的媽媽說：「幫我把香草洗一洗、迷迭香一根一根拔下來。」媽媽緩慢移動身體，想要去拿草莓優格來甩開腳邊小不點的纏身。

「媽咪，是這樣嗎？」

「要放幾根迷迭香？」

「媽咪，太軟了，我再加點麵粉！」對製作佛卡夏麵包感到好奇而發出一堆疑問的女孩，全心全意地想照顧好眼前的麵糰，像在幫她的洋娃娃洗澡時一樣地投入。

「喜歡做菜的人是可以獨處的。」

是的，媽媽一向喜歡獨處，廚房裡、書桌前、浴室裡，腦子裡從不停歇地思考著種種計劃、夢想，每天在「母親」和「個人」之間練習找到平衡。她愛極了做母親，能看孩子畫圖的俐落線條、能聽孩子天真的語言、能擁抱小不點在懷裡入睡，對她來說都是豐澤的恩賜。但她同時也需要極大的個人空間，像一匹野馬不能沒有看不見邊際的土地，好痛快地迎風馳騁與伸展。

只是這個下午，野馬伸展不了，無奈地把獨處收起來，嘗試「一起」與「放手」，她想起「媽媽是最初的老師」這句話，不忍抹煞孩子想學的雀躍。

小女孩洗了洗手，蹲下來盯著烤箱裡慢慢變成金黃色的麵包，臉上帶著驕傲的成就感。媽媽想起她剛出生的樣子，五十公分身長、像洋娃娃一樣的靈動大眼、像棉花一樣柔軟細白的肌膚，回憶的甜美蓋過了眼前想撕吼的情緒。媽媽閉上眼睛，抬起手心順了順散亂的頭髮，手心裡還有酵母和麵團揉在一起發酵的麥香，接著平心收拾起眼前一攤被蹂躪的廚房，腳邊的小不點也仰起頭，雙手一攤表示他的草莓沒有了，媽媽笑了，她喜歡看他吃飽的模樣。

放涼的佛卡夏是晚餐的side dish，女孩摸摸烤過的迷迭香，彷彿在欣賞自己下午的演出。原來與五歲夥伴一起同工，結果會跟自己獨自演出一樣好。媽媽在迷迭香和海鹽的鹹味之間，決定了下一次也要一起來，並且多派點工作給五歲夥伴。媽媽心裡知道，一次會比一次熟練，有一天，女孩會獨自完成一盤佛卡夏給她送上。

「媽咪，我們下次再一起做！」女孩盛情邀約。

「好啊！」媽媽居然放棄獨處的原則，愉快回答。

「那是愛。」捧著小不點那張沾滿迷迭香與麵包屑的臉頰，不客氣地親吻著的她想。

Fion

本名強雅貞，很會想像，很會織夢，對南法有種莫名的迷戀。著迷JUNK STYLE生活物件，矢志在地球城市之間流蕩發現會心角落。目前的新家在紐西蘭。甫出版《出發・曬日子》，另著有《雜貨talk》、《就是愛生活》、《換個峇里島時間》、《一直往外跑》、《遇見臺北角落》、《臺北・微旅行》，與多本禮物書。

我要告訴你一件事

李佳穎

All You N
is Fiction

晚間十點，車子開進車庫，珍妮、小雅與阿顏三人一起跟管理員伯伯打過招呼，搭電梯上了二十四樓。

小雅一個人住在大學附近爸媽買給她的小套房裡，房裡有一股各種保養品混合而成的香氣，浴室光可鑑人，大理石浴缸與淋浴設備以噴霧玻璃隔開，寬廣的梳妝鏡與洗手台上擺了她一輩子也用不完的瓶罐。珍妮和阿顏換上小雅從抽屜裡翻出來未拆封的寬大棉質T恤，小雅開始卸妝準備洗澡，阿顏正在跟偉哲講電話。珍妮坐在小雅柔軟的大床上喝著冰水。

珍妮洗完澡後擦著頭髮，小雅給她看了一件她讚不絕口的內衣，珍妮用手指戳戳那矽膠軟墊，阿顏說她也有一件，是小雅之前買錯了罩杯給她的。

對啊，小雅笑嘻嘻地。

反正我就是小嘛，阿顏癟著嘴說。阿顏有一雙細長的眼睛，薄薄的唇，她的唇形讓她看來好像隨時都噘著嘴一樣，特別有種女性的魅力。

她們在小雅床上翻閱雜誌，一邊等奕奕打電話來。十一點二十分，小雅的手機響起。「終於，」小雅對著話機大喊：「你快收一收啦，我們大概二十分鐘到你店門口。」

已經摘下隱形眼鏡並卸妝的她們沒有再換衣服，三人只著寬大的T恤及家居拖鞋躡手躡腳地下樓塞進小雅的車裡。路上有臨檢，面無表情的員警揮揮手示意她們快速通過。深夜車流不多，她們不到二十分鐘便停在奕奕打工的店門口。

後座的阿顏好像睡著了，珍妮和小雅聽著廣播，她們從音樂、餐廳、學校一路聊到小雅和阿彥之間的問題。一些事情小雅很氣，阿彥常和她常因為金錢及生活態度的不同而吵架，人與人相處無可避免的事。

分手吧分手吧，珍妮說。「其實……」小雅表情柔和了起來，說話的時候她伸手摸摸掛在車裡後視鏡上的毛茸茸小兔吊飾。

「沒有用啦。」阿顏突然出聲。

珍妮回頭對阿顏眨了一下眼睛。

喂！

乖，就算你很孬我們還是愛你唷。珍妮對小雅說。

對啊愛你唷。阿顏也說。

沒多久奕奕打開門擠進後座。「對不起讓你們等我到那麼晚……」奕奕說。

「反正你等一下要表演。」阿顏說。然後她們一起吃吃笑了。

小雅熄火的時候珍妮看了車上的電子鐘，午夜十二點過五分。她們四人輕輕上樓，明亮的電梯裡奕奕說：「你們三個穿得可真是休閒。」阿顏拉著T恤做了一個謝幕的姿勢。她們進到小雅房裡，奕奕丟下包包開始卸妝。五分鐘後奕奕在浴室裡大叫沒有洗髮精了，小雅從洗臉台下的儲藏櫃裡拿了一瓶給她。「你變瘦了耶。」阿顏站在浴室門口對奕奕說。對啊，奕奕回答，故意用雙臂擠壓自己乳房：「這樣有沒有胖一點？」

阿顏和小雅把冰箱裡所有的飲料都搬出來，有顏色的與沒有顏色的。奕奕洗完澡換上小雅給她的寬鬆T恤，珍妮和奕奕兩人開始合力將浴缸清洗乾淨。小雅拿著八分滿的冰壺及雞尾酒杯走進來，「喝。」小雅遞了一杯給珍妮，她喝了一大口，將杯子給奕奕，奕奕也喝了，然後她們繼續用大毛巾擦著浴缸。

她們把毛巾丟在浴室角落的洗衣籃裡。室內的大燈已經關了，房間裡只有床邊小桌上的夜燈，散落在房間角落的蠟燭點綴橘光。小雅和阿顏坐在床與浴室之間的地毯上。音樂呢？奕奕問。哎呀忘了換。小雅起身走到音響邊。「聽跟上次一樣那個。」阿顏說。

她們跟著音樂一邊聊天一邊不很專心地玩了一會兒遊戲，簡單的猜拳，輸的人就拿起身旁的酒杯去半，沒輸的人也啜飲著，冰壺放在她們中間，見底後再加。

她們不很專心，她們在等待。

珍妮是最先開始的。每一次都不例外。她慢慢躺下來，粗糙的地毯磨蹭她的皮膚，她伸直雙腿，側臉趴在地上。

「你好遜喔。」阿顏說完珍妮睜開眼睛，阿顏的臉在她面前，她趴在地上看著她，珍妮對阿顏微笑，阿顏撫摸她裸露的手臂。珍妮將另一隻手擱在旁邊小雅的大腿上。「他真是超快的。」小雅對奕奕說。

然後阿顏開始笑了，趴在珍妮旁邊，她們貼地側著臉面對面，阿顏迷濛微笑。珍妮對她說：「你要起飛了。」

「走，進去。」小雅拉拉珍妮的手，她勉強坐起來。小雅在暗黑的浴室洗手台上點了蜂蠟，那燭光映在大理石地上有一股誘人的氣氛，像一間富情調的餐廳。她們魚貫爬了進去。

乾燥的浴室冰涼舒服。珍妮每移動一步就躺下用全身肌膚擁抱地板不再前進。奕奕蹲下來睜著圓亮的雙眼看她，過來，來，過來，奕奕說。最後珍妮靠著瓷磚牆坐在浴缸旁，小雅與她面對面倚著噴霧玻璃隔間坐下，阿顏坐在浴缸平台上，奕奕站著，她們叫奕奕坐下來，奕奕搖頭。

小雅遞來細長的涼菸，她們一人點一支抽了，問奕奕要不要，她搖頭。

Wait a minute。奕奕微笑地說。

珍妮看向小雅，又看看阿顏。然後她們三個嘩啊一聲笑了出來。來了。阿顏說，英文小老師。珍妮吸了一口菸，煙進得很慢。「奕奕道歉！」珍妮吐氣大喊。喔耶，小雅也叫著，表演！

奕奕優雅地鞠躬，開始說話。她像配了英語發音的中文電影，開始吐出一連串英文，很多是中文直接翻過來的，但她們都聽懂她在說什麼。

奕奕用碎英文告訴她們她畢業後想要跟林齊結婚，她想好久了，可是林齊要研究所畢業，林齊要當兵，她還要等林齊三年。她說林齊很乖，她喜歡林齊，林齊不知道她會抽菸，她不喜歡抽菸，她喜歡跟她們抽菸。

I like this。最後奕奕指著洗手台上的蠟燭說。小雅站起來將杯子湊到她嘴邊，好啦好啦，乖，喝。奕奕喝了，珍妮接過杯子也喝了，然後傳給阿顏。「我好像也要不行了，好暈。」小雅對她們說，聲音在浴室裡回蕩。小雅總是最慢，知道小雅也開始了之後，阿顏「耶」地叫了起來，好像要一起去郊遊出發前的那一刻。

大家都上船了。

奕奕終於坐了下來，她們在浴缸旁或坐或臥，四人擠著，手腳交疊。珍妮坐在小雅的懷裡，不斷地揉捏阿顏的大腿，阿顏幫奕奕捏著肩膀，她們的皮膚滾燙，需要被碰觸，也需要碰觸人。

她們握著自己的杯子，不時地啜飲裡頭色彩鮮豔的液體。

「小雅你好會調，這個好喝耶。」阿顏說。

空氣溫度愈來愈高，T恤溫潤地貼在她們的背上，灌進的液體在腹內悶燒，突然珍妮感到衝動，「我要脫衣服，」珍妮喊。奕奕笑著尖叫，脫吧脫吧，小雅說。

珍妮一骨碌從地上跳起，搖搖晃晃差點又坐下來。她舉起雙手「唰」一聲將T恤掀了。奕奕還在尖叫。

珍妮捏捏阿顏的臉，她只著內褲站著，拿起杯子又喝了一口。那我也要。奕奕站起來。

她們四人都赤裸上身圍坐在大理石地上了。小雅將她們脫掉的T恤拿到外頭床上擺著，又裝滿了一冰壺回來。

我可以摸你胸部嗎？阿顏問。

可以。珍妮說。

阿顏用她的手揉著珍妮的乳房，就著燭光珍妮看不清楚阿顏的指甲油是什麼顏色，但那些在胸前的指頭閃閃發亮。珍妮也伸出手碰觸奕奕的乳房。

陰囿的浴室裡她們的皮膚雪白滑膩閃著螢光，她們貪婪地撫摸彼此，什麼都不重要，只有舒服是真的。剛抹乾淨的大理石地變得非常滑溜，狹小的空間裡她們流了許多汗，汗順著她們的皮膚滴到地上。

珍妮倒在小雅身上奕奕在她懷裡。突然珍妮看見自己的內褲順著腿被剝下，她看到一絲不掛的奕奕拿著她內褲高高地站著對她笑。哈！珍妮笑起來，奕奕說了句她聽不懂的英文後便接著剝阿顏的內褲，再來是小雅的，她們都笑了。

珍妮側過身去揉著小雅的胸部，小雅的腰，然後小雅的腿側。阿顏坐在浴缸平台上，手上的菸燃燒灰燼掉在珍妮的胸口。啊，她說。哎呀，阿顏伸手撫摸珍妮的乳房說，會不會痛？不會。舒服，珍妮說。

你想親它嗎？珍妮問阿顏。

想耶。阿顏說。

阿顏跨下浴缸平台，跪在珍妮面前用嘴吸吮她的乳頭，珍妮看著阿顏捲翹的睫毛，阿顏親吻非常認真，粉紅柔軟的舌頭緩緩地移動，珍妮輕撫阿顏的臉頰，然後奕奕和小雅在她旁邊接起吻來。奕奕也過來吻珍妮，珍妮舔舔自己的唇。吻了她們三個。

她們全身赤裸半躺在那一塊榻榻米大的空間裡，四人又點起菸抽了。她們的眼睛閉了起來，暗室濛霧，吐出的字句在冰涼的牆上來回，像輕輕擊出的壁球。

我第一次進到這種浴室裡面覺得好神奇。

為什麼？

什麼時候？

小學吧。沒看過浴室地上是乾的。

我第一次知道睫毛膏也是。

什麼？

覺得很神奇啊。

我不知道女生化妝要顧到那麼小的地方。

我上次看書上說：

女人嘴唇畫紅紅是要模擬下面發情的樣子。

我也有看過那個。
下面發情是什麼樣子？
嘴唇漂亮多了啊。

我不喜歡做愛了。
為什麼？
我覺得不好玩。
他技巧不好嗎？
也不是……他前戲都一下下。
你可以帶他啊。
我有啊。

我覺得這裡好安全。
為什麼？
你們好安全。

不要睡著啊。
我沒有。
我好想休學喲。
休啊。
不要啦，你成績那麼好。
休了要幹嘛？
吃家裡不然咧？
我們養你，喔。

我爸好像又在外面有女人了。
你怎麼知道？

看他的臉就知道了。我做他女兒二十年了好不好。
我就看不出來。
那你媽知不知道？

跟他在一起之後我唯一一次——
說啊，
哎喲，高潮——
你話一次說完，
哈！
是摩托車，有一段路好長，
都沒有紅綠燈，就坐在上面
一直震一直震一直震一直震一直震——
哈哈！
然後到了，下車了，我就高潮了。
哇！
根本站不起來，
是他載你嗎？
我弟載的。

我有說過我之前很討厭你嗎？
真的嗎？
因為你走路好吵，咔咔咔，
咔咔咔的，好吵。

我最近一直夢到小雞。
哇，好久了喔。
夢到他什麼？

誰是小雞？
他第一個男朋友你忘啦。
他拿一把刀，求我不要離開他。
好可怕。
他還穿粉紅色的短襪。
好可怕。

好舒服。
怎麼會那麼舒服。

喂。
啊？
你是不是背著老劉在偷人？
沒有。
真的嗎？
真的。
為什麼？
上次半夜打電話給你，
你說在朋友那？
對啊，朋友。
真的沒有亂搞？
沒有。

我不想結婚了。
啊？為什麼？
不可以啦。
對啊，我們伴娘都分配好了。
我不知道。
為什麼不想結？
為什麼要結？
就是這樣。

你好可怕喔。你會不會有一天也可以跟你爸做啊？
不會吧。
最喜歡跟你們在一起了。
對啊。
最愛了。
你愛我嗎？

最愛了。
我呢？我呢？
你們最酷了。
最愛了。

她們撫摸彼此。小雅緩緩在地上躺平，她們操作她在黑暗裡更加熟練。喘息逐漸厚重，最後小雅隨著珍妮手指律動尖叫起來的時候，正舔著她乳房的奕奕仰起臉戲謔地對阿顏吐著舌頭。好了，乖乖，沒事了。她們順著小雅發汗的額髮。

然後依序是奕奕，然後珍妮，最後阿顏。

當珍妮的喃喃裡參雜欲嘔的聲音，小雅坐了起來。「想吐了嗎？」小雅問珍妮。珍妮捂著嘴點點頭。奕奕爬過來，「我也有一點。」奕奕說。

珍妮和奕奕趴在浴缸旁開始一起嘔吐。「好累喔，」奕奕歪著頭說。於是她們幫忙舀起奕奕的長髮，用手指輕掏奕奕嘴裡，奕奕發出「骨」的一聲，她們從後面抱著拍打她的背。阿顏轉開蓮蓬頭，沒多久自己也吐了起來。小雅將食指伸進自己喉嚨。她們嘴裡嘔出的穢物混著唾液，顏色斑雜，奇形怪狀，經過水柱的沖刷流進浴缸的排水孔時看來又都是一個模樣，黃落橘褪的碎腦花兒。

「粉紅色的烏龍麵條是誰的！」她們看著卡在排水孔上的東西大笑起來，彷彿那是件有趣得要命的事。

清晨四點半，她們將能嘔的都嘔完了，也一起沖了澡刷了牙，穿上內褲及T恤，胡亂鋪了被單在小雅房間的地毯上。每個人都成大字型地躺著，每個人都逐漸冷卻了，頭開始痛了，醒了，但才累了要睡。

起先她們還有一搭沒一搭地說話，後來漸漸沒有人回答，也沒有人問問題了。珍妮躺在那兒，乾淨的胃讓她異常清醒，早上九點整她耳朵旁的手機顫顫抖起來。

「我要過去載你囉，洗完我們去吃日本料理。」話機裡傳來女人興致勃勃的聲音。掛上手機珍妮悄悄收拾東西，「我先走了。」她輪流在她們三人耳邊說。她們睡眼抱她說再見。

出了公寓，天大亮。她站在巷子口，遠遠看到女人的車經過，緩緩停下。她跑過去，打開車門。她們一路開上山裡的溫泉。

「跟病友聊得開心嗎？」

「不錯啊。」

「都聊什麼？跟暴食有關的事嗎？」

「我們從不聊那個。」

她不知道女人會不會瞭解昨晚發生的事，她突然不想讓女人看見她的身體了。

她們停好車，隨著木製的穿廊彎彎繞繞經過溫泉前頭的餐館、吧台、廚房直到後面的浴池。「你們是今天第一位客人喔。」守浴池的服務生說，遞來一把寄物櫃的鑰匙。

偌大的浴池冒著溫暖安靜的煙。女人熟練地將東西擺好，洗了頭，沖了澡，戴上浴帽。

咦？你怎麼還站在那裡？小心感冒。女人回過頭來對她說。

我不沖了，我早上才洗過。

她走到露天的泉池邊，日光晶透，霧氣氤氳。她蹲下來用指尖試了試水溫，對水裡的女人說：

我要告訴你一件事。

//

李佳穎 曾獲一九九九年《聯合文學》小說新人獎短篇小說首獎。出版有短篇小說集《不吠》、《47個流浪漢種》、《小碎肉末》等書。

練習課

Lesson One
相聚

總是會遇上少了誰就無法繼續的情況……

Finding

找找看
連連看

我們的日常生活中，經常會遭遇各種小小的「不完整」。

右邊的圖可以補圖左圖的缺憾。請幫忙找到左圖四種情況下缺什麼，並幫助左右兩邊「相聚在一起」。

提示：

1. 剛洗好的襪子
2. 過年的麻將桌
3. 朋友送的生日禮物
4. 換季出清買的針織衫

1.

2.

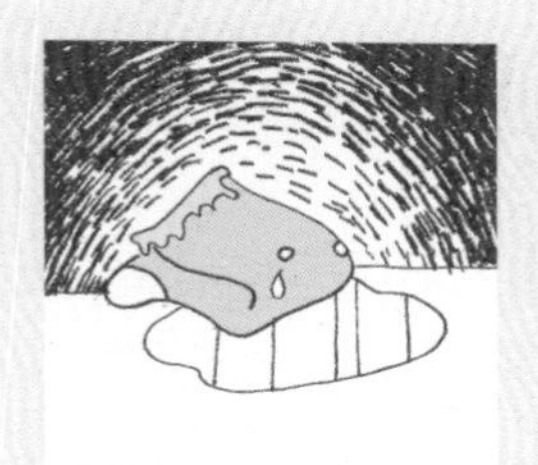

3.

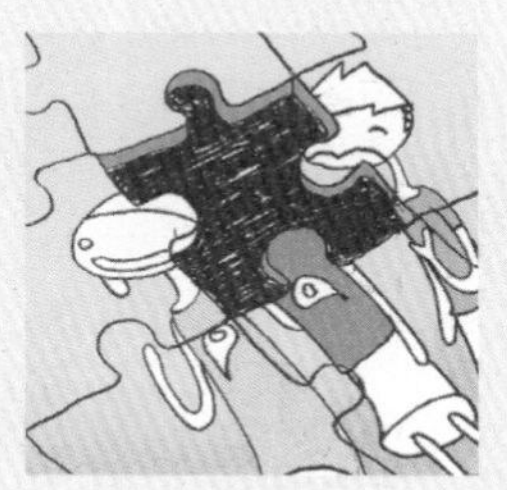

4.

Lesson Two
理財

謹向各位介紹這個
有福同享、有難同當的投資方式。

Planning

定期定額在一起

每個月固定從自己的所得裡面撥固定金額來投資，以分散投資時間的方式來降低投資風險。

當你所選擇購買的基金漲價時，你所購買到的單位數會變少，反之變多，長期來說可以攤平漲跌，平均購買價格也較同樣金額單次購買便宜。

但若不幸購買後遇上金融風暴，也可能一路慘賠。根據投資專家的建議，若購買各項投資評比皆優良的基金，應趁跌價時逢低價加碼多買，切勿喪志，在低點停扣，將失去市場回熱後的回饋。

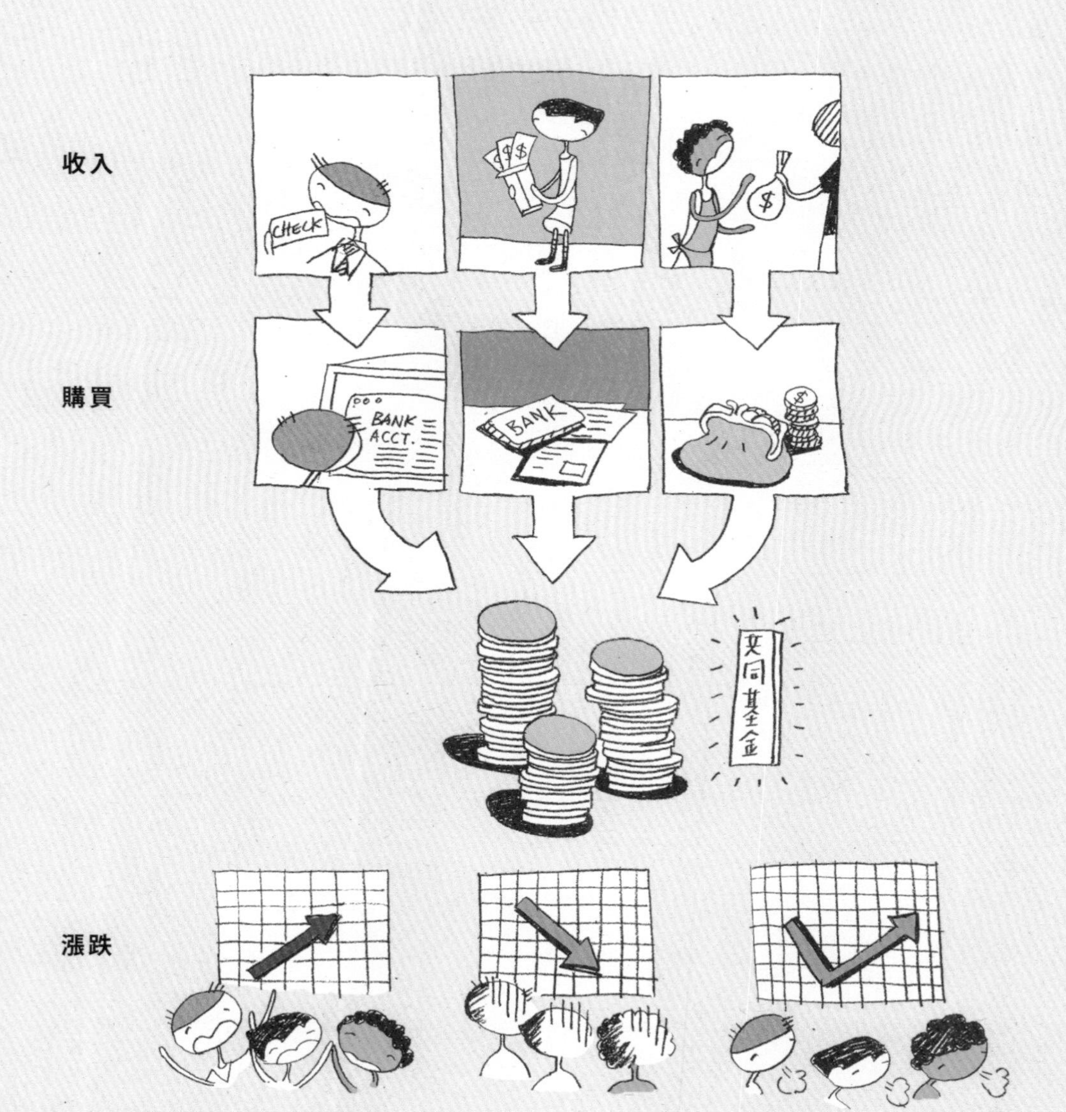

使用此投資方式，每個月你的錢都會跟世界各地許多其他人的錢相聚在一起，同漲同跌，生死與共。選擇此投資方式前須注意：

「基金投資有賺有賠投資人申購基金時應詳閱公開說明書」（請兩秒念完）

Lesson Three
資源回收

讓它們在一起，
轉世再生，重新開始。

Solutons

資源回收 Q & A

一個用過的保特瓶，就只是一個保特瓶，但當好多回收保特瓶在一起，打碎分解再重新聚集，即成為可再利用的纖維或板材。

生活中還有許多可以「在一起重生」的資源，你知道下列這些回收物可以再製成為哪些物品嗎？

你答對了嗎？

PET 寶特瓶⇨芭比娃娃的頭髮
PE 塑膠袋⇨腳踏車踏墊
PVC 雨衣⇨塑膠水管
保麗龍泡麵碗⇨花盆
廢紙⇨再生紙家具
油鍋剩油⇨肥皂

PET 寶特瓶

(　　　　　　　　　　)

PE 塑膠袋

(　　　　　　　　　　)

保麗龍泡麵碗

(　　　　　　　　　　)

PVC 雨衣

(　　　　　　　　　　)

廢紙

(　　　　　　　　　　)

油鍋剩油

(　　　　　　　　　　)

Lesson Four
星座配對

對不對盤。
適不適合在一起，
星盤排了就知道。

Astrology

撲克牌占卜

兩個人能夠在一起除了需要緣份牽線，要維繫長久還需要學習相處的藝術。除了後天努力經營，其實天生的星盤就可以看得出自己適合跟誰在一起。讓星座專家佛洛阿德來告訴你，十二星座在合夥、愛情與朋友等關係中，誰和誰最對味。

佛洛阿德
《蘋果日報》、《自由時報》星座和心理測驗專欄作家。飛碟、中廣等節目星座和心理測驗單元主講人。

牡羊座

和獅子談戀愛最能刺激你的愛情感官，與射手交往，會讓你以為找到了知己兼情人；水瓶座朋友懂得賞識你的率真，遇到雙子座朋友，話匣子就關不了；處女座是最佳工作拍檔，創業族首選合夥人是摩羯座。

金牛座

你談戀愛的步調和處女座最合拍，因為兩人都走小心慢行路線，深受處女座自重自愛的個性吸引；對美麗事物的共同愛好，是你與雙魚座的友誼基礎；適合與天蠍座合夥，但你容易在利益分配部分斤斤計較，因此導致兩方合作破局。

雙子座

你和天秤座是兄弟姐妹型的情人，彼此很了解對方在想什麼；與射手座則是鬥嘴冤家，靠唇槍舌戰確認感情熱度；牡羊座是願意跳出來勸誡你的諍友，與獅子座吃喝玩樂最爽快；點子王的你，與決斷力強的天蠍座合夥事業最優。

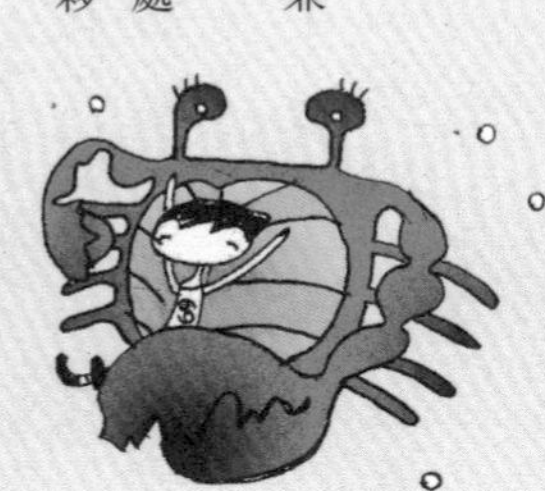

巨蟹座

天蠍那懂得你的眼神，第一眼便催眠你愛上他；當你陷入情緒牛角尖，會需要金牛朋友替你踩煞車；同為巨蟹方能解讀你那百轉千迴的細膩心思；摩羯座的能幹和穩當，他們辦事你能夠放心，合夥能各是其職。

獅子座

射手座和你最來電，水瓶座與你是吵吵鬧鬧的歡喜冤家；天秤座與你有換帖的好交情，邀約雙子座友人玩耍，彼此都能玩得瘋，感覺最盡興；水瓶座與你在創業上是互補的搭檔，他有創意，你有執行魄力，雙人合作力量加倍。

處女座

雙魚座以浪漫氣質魅惑著你，嚴肅的摩羯座也能吸引你不由自主靠近；當你受挫時，巨蟹朋友會以包容態度，擁抱受傷的你；天蠍座有雙能傾聽的耳朵，與很能保密的嘴，你能夠放心傾訴一切；雙子座是你的最佳事業合作夥伴。

天秤座

被戲稱是外星人的水瓶座，不但給予你愛情，也打開你的眼界，讓你看見更寬闊的世界；獅子是你最有義氣的友人，射手座與你亦敵亦友，嘴上不說卻會暗自佩服對方；想創業天秤需要巨蟹座助你一臂之力，上班族的貴人是雙魚座。

天蠍座

雙魚是你的夢幻情人，你們容易愛得難分難捨；你很欣賞處女座朋友的務實個性；多數私密心事，你只會告訴巨蟹座的友人；適合與金牛座合夥，對方和你個性互補，但你要包容金牛小錢也愛算計的個性，合作方能維持。

射手座

與牡羊座是天雷勾動地火的組合，愛起來轟轟烈烈；雙子座則讓你又愛又恨，以互虧為戀愛情趣；天秤座是你的好朋友也是敵手，是刺激彼此持續成長的原動力；在創業路上，你只顧著向前衝，需要處女座合夥人拉住你。

摩羯座

金牛座與你頻率相同，矜持的處女座也是你的天菜，巨蟹座像母親般的貼心關照，一點一滴融化你的心；如果彼此間沒有利益問題，天蠍座將會是最能體會摩羯座心情的忠實友人；創業最佳合夥人是天秤座，上班族則可依靠雙子座。

水瓶座

古靈精怪的雙子座，最讓你心動；與獅子座交往，兩人見面常唱反調，但是不見又想念對方；你欣賞射手座友人的樂觀能量，與直來直往的牡羊座朋友不用玩心機，令你覺得放鬆；創業者需要金牛座合夥人，替你把關資金出入。

雙魚座

巨蟹座與你是最有默契的戀人，天蠍座是你的靈魂伴侶；金牛座與你會很有話聊，摩羯座總是怕你吃虧，會不時將你從外太空拉回現實世界；你若需要合夥人，敢衝敢言的射手座是首選，夠義氣的獅子座次之，他們都是你的助力。

Lesson Five

相遇

這裡、那裡，
沒有預期要跟誰在一起，
但或許，會與你相遇。

排很長的隊伍

共乘的電梯

擠爆的跨年晚會

長途旅行的車上

併桌的食堂

擁擠的公車

購買《練習》的書店裡